KB113704

내 이름은 ✧
스텔라

내 이름은
스텔라

유니게 장편소설

특별한서재

| **차례** |

흑기사

1

나는 문 앞을 서성이며 마음을 졸였다. 우리 집 녹슨 철문이 이렇게 무섭게 보이기는 처음이었다.

오늘도 시험을 망쳤다. 지금쯤 오빠가 이글거리는 눈으로 나를 쥐잡듯이 잡기 위해 대기하고 있을 것이다. 그렇다고 지금 안 들어가면 늦게 왔다고 더 난리를 칠 게 뻔했다.

오빠는 날로 더 포악해져 갔다. 고3 스트레스를 모아두었다가 나를 잡는 데 다 푸는 것 같다. 할머니도 가끔은 내가 불쌍한 듯 오빠에게 그만하라고 했다. 오빠는 할머니 말도 듣지 않았다. 엄마에게 이르고 싶은 적이 한두 번이 아니었다. 하지만 엄마에게서 풍기는 지독한 기름 냄새를 맡으며 매번 포기했다.

지친 엄마를 더 힘들게 할 수는 없었다. 무엇보다도 후환이 두려웠다. 오빠는 더 가혹한 방법으로 나를 처벌할 것이다. 오빠가 빨리 대학에 들어가야지, 만일 재수라도 했다간 나를 아주 잡아먹을 것이다.

벌써 해가 지고 있었다. 길게 늘어진 골목이 꼭 뱀 같았다. 그 위로 푸르스름한 어둠이 자욱했다. 안 그래도 이런 시간이 되면 괜히 울적해지는데, 오늘은 초라한 내 신세 때문에 더 서글펐다.

신은 왜 오빠와 나를 한집에서 태어나게 한 것일까? 꼭 그래야만 했던 이유가 있었던 걸까? 지금까지 살아온 인생을 되돌아볼 때 그런 이유는 눈을 씻고 찾아봐도 찾을 수 없다. 단지 신은 무책임했던 것이다. 아무 생각도, 아무 계획도 없이 나를 오빠를 낳았던 엄마 배 속으로 집어넣은 것이다. 정말 다들 왜 이렇게 잔인한 건지……. 세상에 내 편이라고는 하나도 없다.

학교생활도 쉽지 않다. 애들은 벌써 세 번째 나를 따돌렸다. 역시 셋은 불안하다. 둘이거나 넷이어야 한다. 셋이 되면 꼭 한 명을 따돌리려 한다. 그게 열네 살 소녀들이 가지고 있는 사악함이다. 그 희생자는 번번이 내가 된다.

하지만 이 애들과 헤어지면 나는 왕따가 될지도 모른다. 나는 공부를 잘하지도, 그렇다고 웃기지도, 그렇다고 예쁘지도, 그렇다고 잘살지도 않기 때문에 매력이 없다. 왕따에 대한 불

　　　　　　　　　　　　　　내 이름은 스텔라

안감은 겪어보지 않은 사람은 모른다. 사는 게 힘들다. 학교생활은 더 힘들다. 중학생으로 살아가는 것은 정말 힘들다.

골목은 텅 비어 있다. 무리 지어 골목을 뛰어다니는 조무래기들도 모두 저녁을 먹으러 집으로 돌아간 후였다. 아무도 보는 사람이 없다고 생각하니, 주책없이 눈물이 흘러내렸다. 손등으로 눈물을 닦을까 하다가 그냥 내버려두었다.

어디선가 터벅터벅, 발걸음 소리가 났다. 고개를 돌려보니 골목 저쪽 끝에서 누군가의 실루엣이 보였다. 그의 앞으로 길쭉한 그림자가 늘어졌다.

머릿속에 반짝 불이 들어왔다.

푸른 어둠 속으로 한 남자가 걸어온다. 터벅터벅. 무거운 발걸음으로 나를 향해 걸어온다. 아주 긴 여행 끝에 간신히 이곳에 도달한 것이다. 그는 지쳤고 몹시 피곤하다. 하지만 그의 두 눈은 여전히 별처럼 빛난다. 그의 열정이 그를 쉴 새 없이 몰아친 것이다. 이제 그의 발걸음이 가벼워진다. 그의 얼굴이 다시 생기를 찾는다. 무슨 일이 일어났을까?

그는 나를 알아본 것이다!

그 순간 내 입술 사이로 탄성이 흘러나왔다. 용감한 흑기사다! 그가 찾아와준 것이다. 나를 찾아 여기까지 온 것이다.

그는 왜 이곳을 찾아 먼 길을 걸어왔을까? 왜 나를 만나러 온 것일까? 나에게 무언가 전해줄 것이 있는 것일까? 그럼 그

것은 무엇일까? 그의 생사를 걸 만큼 중요한 것일까?

이제 나는 저 흑기사를 따라 어딘가로 가야 할지도 모른다. 애초에 그런 운명이었는지도 모른다. 오늘이 마침 그날인지도 모른다. 드디어 내가 태어난 이유, 나만의 사명을 감당해야 할 시간이 다가온 것일까?

여기까지 생각했을 때, 흑기사가 정말 내게로 다가왔다. 그리고는 내 앞에 우뚝 섰다.

그가 내 얼굴을 빤히 들여다보았다. 누군가 나를 그렇게 유심히 본 것은 처음이었다. 나는 고개를 살짝 숙였다. 내 상상을 들키게 될까 봐.

"얘, 너 여기 사니?"

흑기사가 물었다. 흑기사의 목소리는 하나도 멋있지 않았다. 혀가 좀 짧은 것 같았다.

용감한 흑기사에 대한 상상은 완전히 깨졌다. 잘 보이지는 않았지만 외모도 마찬가지일 것 같았다. 이런 사람이 내게 뭘 전해주러 먼 길을 찾아올 것 같지는 않았다. 흑기사는 무슨 흑기사, 그냥 젊지도 그렇다고 늙지도 않은 아저씨일 뿐이었다.

"그런데요."

나는 들릴 듯 말 듯 작은 목소리로 대답했다. 괜히 두려운 생각이 들었다. 뒷걸음쳐서 초인종 가까이로 몸을 붙였다. 나를 구하러 온 것이 아니라 나를 해치러 온 것일지도 몰랐다.

　　　　　　　　　　　　　　내 이름은 스텔라

"내가 하숙집을 찾고 있는데, 혹시 너희 집에 빈방 있니?"

"우리 집은 하숙집이 아닌데요."

"그래? 아쉽구나. 어쩐지 이 골목에는 내가 머물 곳이 있을 것 같았거든. 정말 먼 길을 걸어왔단다."

아저씨는 언제 봤다고 나에게 하소연을 했다.

정말 이상한 사람이라고 생각했다. 그런데 더 이상한 것은 나도 모르게 연민이 생겼다는 것이다. 많이 지치고 피곤해 보이는 목소리였다. 그것만큼은 내 예상과 맞았다.

그때 전봇대에 붙어 있는 가로등에 불이 들어왔다. 가로등의 불빛은 희미했지만 아저씨의 얼굴을 더 자세히 비춰주기에는 충분했다. 젊었을 때 여드름이 심하게 났었는지 얼굴에 얼기설기 자국이 파여 있었다. 덥수룩한 머리카락은 마구 헝클어져 있었다. 바싹 마른 몸체에 키만 멀뚱히 컸다. 먼 길을 걸어와서 그런지 초라하고 지쳐 보였다. 용감한 흑기사라고 하기에는 너무 카리스마가 없었다.

그런데 그 순간 좋은 생각이 떠올랐다. 이 아저씨와 함께 들어가면 할머니는 물론이고 오빠의 관심도 분산될 것이다. 내 시험 결과에 고정되어 있을 시선을 아저씨에게로 돌리는 거다. 이 얼마나 큰 행운인가.

하지만 우리 집은 하숙집이 아닌데……. 하지만 빈방이 있기는 하지. 방이라고 할 수 있을지는 모르겠지만. 창고방도 방은 방이니까. 거기엔 물건들이 가득하지만 한 번도 그 방에 있는 물건을 꺼내오는 것을 보지 못했다. 그러면 다 필요 없는 물건들이라고 할 수 있지 않을까? 그럼 버려도 되는 게 아닐까?

무엇보다도 우리는 돈이 필요하다. 여전히 치킨집 매상은 변변치 않다. 간신히 적자는 면했지만, 근처에 새로운 치킨집이 또 들어선다고 해서 엄마의 걱정이 이만저만이 아니다. 할머니도 오빠도 엄마의 걱정을 덜어주는 일이라면 찬성할 것이다. 그렇게만 되면 할머니와 오빠는 내 성적이 어떻든 간에 나를 칭찬해줄 것이다. 어쩌면 오빠는 이제 내가 쓸모 있는 인간이 되었다고 인정하고 인간개조 프로젝트에서 손을 뗄지도 모른다.

사실 아저씨가 창고방을 쓰든 말든 그건 나중 문제다. 오늘만 무사히 넘기고 나면 성적에 대한 문제는 흐지부지 넘어갈 수 있게 될 것이다. 지금 그보다 더 중요한 문제는 없다.

"얼마나 계실 건데요?"

나는 한층 가벼워진 목소리로 물었다.

"그건, 지내봐야 알 것 같은데……. 너희 집에 내가 묵을 만한 곳이 있니?"

아저씨의 목소리도 덩달아 밝아졌다.

"그럼, 일단 들어와보세요."

나는 언제 주눅이 들었냐는 듯, 의기양양하게 초인종을 눌렀다.

아니나 다를까, 문을 열어주는 오빠의 눈빛이 먹이를 눈앞에 둔 하이에나처럼 번뜩였다. 얼굴은 잔뜩 화가 난 것처럼 험상궂었지만, 속으론 신이 나서 어쩔 줄 모를 것이다. 나에게 스트레스를 풀 정당한 기회를 잡았으니까. 오빠는 신이 나면 콧구멍을 벌름거리는 버릇이 있다.

나는 서둘러 아저씨를 내 앞에 세웠다. 오빠의 시선이 아저씨에게 꽂히면서 표정이 서서히 바뀌었다. 예상했던 반응이었다. 나는 속으로 쾌재를 불렀다.

"누구세요?"

오빠가 어정쩡한 표정과 어정쩡한 목소리로 물었다.

"방을 구하고 있는데……. 학생 집에 빈방이 있다면서?"

"우리 집에 빈방이 있다고요? 네가 그랬어?"

오빠는 의아한 눈빛으로 나를 바라보았다.

"있잖아. 저기."

나는 오랫동안 창고로 쓰고 있던 작은 방을 가리켰다.

"거긴……."

"하숙비는 내실 거죠?"

오빠의 말을 자르고 내가 아저씨에게 물었다.

"물론이지."

"하지만 거긴……."

오빠가 또 눈치 없게 딴죽을 걸었다.

나는 오빠에게 눈짓을 해가며 말을 잘랐다.

"지금은 좀 복잡하지만 금방 치워드릴 수 있어요. 여기 좀 앉아 계세요. 할머니를 불러올게요."

나는 마루를 가리켰다.

"오래된 나무 마루구나. 난 언제나 이런 곳에서 살아보고 싶었는데……."

아저씨가 마룻바닥을 손바닥으로 쓸어내리며 흐뭇한 미소를 지었다. 마룻바닥은 닳고 닳아서 개미도 미끄러질 만큼 반질거렸다.

"누가 왔누?"

할머니가 안방 문을 열고 나왔다.

"처음 뵙겠습니다, 어르신."

아저씨가 자리에서 일어나 꾸벅 인사를 했다.

"뉘시오?"

할머니가 침침한 눈을 비비며 아저씨를 훑어보았다.

"방을 구하고 있대요. 하숙을 하고 싶은가 봐요."

내가 나서서 대신 대답을 했다.

"하숙이라고? 애가 지금 무슨 소리를 하고 있는 거냐?"

할머니가 오빠에게 다시 물어보았다.

"저 방에 하숙을 치면 어떨까요?"

오빠가 창고방을 가리키며 말했다.

"저 방에?"

기가 막힌다는 듯 할머니의 입이 쩍 벌어졌다.

"할머니, 하숙을 치면 경제적으로 좀 보탬이 되지 않을까요?"

오빠가 조곤조곤 설명했다. 오빠의 말을 듣고 할머니는 곰곰이 생각을 하는 눈치였다.

"정말 저 방에 묵을 생각이 있는 거요?"

할머니는 여전히 못 믿는 말투로 물었다.

"물론입니다."

아저씨가 선뜻 대답을 해서 오빠와 나도 깜짝 놀랐다.

"그럼 하숙비는 얼마나 낼 생각이오?"

"얼마면 될까요?"

아저씨가 되묻자 할머니의 눈동자가 돌아가기 시작했다. 할머니가 머리를 굴리고 있는 것이다.

아저씨의 시선이 자꾸 창고방으로 향했다. 방을 구경하고 싶은 모양이었다. 아저씨가 방을 보고 나면 마음이 변할 게 분명했다. 누구도 곰팡이가 덕지덕지 슨 남의 집 창고에 돈을 내가며 머물고 싶지는 않을 것이다.

그렇다고 무조건 싸게 부른다면 하숙을 치는 의미가 없을 것이다. 할머니와 오빠와 나의 눈이 마주쳤다. 눈빛을 보니 모두 같은 생각을 하고 있는 것 같았다.

"지금은 곤란하고 이틀 후에 다시 와서 보슈. 하숙비는 그때
정합시다."

할머니가 단호하게 말했다.

"오늘 당장 쉴 곳이 필요한데요."

아저씨가 애원했다.

"그럼 다른 곳을 알아보든지."

할머니가 시큰둥하게 대답했다.

오빠와 나의 눈이 다시 마주쳤다. 상황이 어려워지자, 이상
한 집착이 생겼다. 우리는 이 하숙생을 놓치고 싶지 않았다. 때
마침 좋은 생각이 떠올랐다.

"골목 끝에 슈퍼 있잖아요, 거기 돌아서 조금만 더 걸어가면
찜질방이 있어요. 거기서 이틀만 지내시면 어떨까요? 멀지 않
아요. 제가 안내해드릴 수도 있어요."

아저씨가 한숨을 내쉬었다. 별로 내키지 않는 모양이었다.

"다른 건 몰라도 우리 할머니 음식솜씨는 최고예요. 기다린
보람이 있을 거예요."

나는 양심이 찔렸지만, 눈을 딱 감았다. 지금 이 순간만큼은
엄마만 생각하기로 했다. 이십 년 넘게 산 남편에게 배신당하고
늦은 밤까지 기름 냄새를 맡으며 닭을 튀겨야 하는 우리 엄마.

"그래요?"

아저씨의 얼굴이 다시 환해졌다.

내 이름은 스텔라

"잠시만 여기 계세요."

나는 부엌으로 들어가 미숫가루를 한 잔 타왔다.

"고마워요, 리틀 레이디."

아저씨가 씩 웃으며 말했다. 리틀 레이디라니, 못생기고 혀도 짧은 남자가 나를 그렇게 부르니 온몸에 소름이 돋았다. 차라리 리틀 레이디의 뜻을 모르고 듣는 편이 나을 것 같았다.

아저씨는 얼음을 동동 띄운 미숫가루를 벌컥벌컥 단숨에 마셔버렸다. 정말 멀고 먼 길을 걸어온 방랑자처럼.

"은행나무가 정말 크고 탐스럽네요."

갈증을 해결하고 난 아저씨가 웃으며 말했다. 가을이면 얼마나 고약한 냄새를 풍기는 줄도 모르고.

"맛있는 식사에, 이런 은행나무를 매일 볼 수 있다면 방은 뭐 아무래도 좋습니다. 하숙비는 원하시는 만큼 드리겠습니다."

그렇게 해서 계약이 이루어졌다. 아저씨는 중학생인 내가 보기에도 정말 어수룩한 사람이었다.

아저씨가 낸 계약금으로 우리는 꽃등심을 구워 먹었다. 얼마 만에 먹어보는 한우인지 혀에서 살살 녹았다. 꽃등심을 먹고 기분이 좋아진 오빠는 내 성적에 대해서는 까맣게 잊어버렸다. 엄마도 기분이 좋기는 마찬가지였다. 외간남자와 함께 살게 된 게 당황스럽고 불편하긴 해도 예기치 못한 수입이 매달 들어오게 된 것이다.

"설마 이상한 사람은 아니겠죠?"

엄마가 할머니에게 물었다.

"하늘이 우리 돈 없는 줄 알고 보내준 복덩이인지, 아니면 무슨 꿍꿍이가 있는 몹쓸 놈인지는 두고 봐야 알지. 앞으로는 뭐 없어진 건 없는지 늘 확인하고, 귀중품은 모두 잘 간수해."

하지만 우리 집에는 훔쳐갈 물건이 거의 없다고 봐야 했다. 할머니도 걱정할 필요는 없다고 생각했는지 연신 벙글거렸다.

우리 가족은 모두 배불리 먹고 편안하게 잠자리에 들었다. 나는 눈을 감고 생각했다. 어떻게 아저씨는 우리 집 쪽으로 걸어오게 되었을까? 왜 하필 내가 밖에 서 있던 시간에? 만약 내가 아닌 할머니에게 빈방이 있느냐고 물었다면 분명히 할머니는 딱 잘라서 없다고 말했을 것이다. 신기하게 모든 게 잘 맞았다. 멋진 흑기사는 아니었지만 아저씨가 온 날은 재수가 좋았다.

2

아저씨가 찜질방에서 묵는 이틀 동안, 온 가족이 달라붙어서 창고방을 단장했다. 몇십 년 어쩌면 몇백 년은 묵은 듯한 짐들을 모조리 내다버리고 나니 얼룩덜룩한 벽이 나타났다. 곰팡이가 어찌나 많았던지 곰팡이로 도배를 한 것 같았다.

내 이름은 스텔라

할머니는 싸구려 벽지를 사왔다. 노란색 바탕에 주황색 꽃들이 그려진 벽지였다. 삼십대 남자가 쓸 방에 꽃무늬 벽지를 사오다니, 기가 막혔다. 오빠와 나는 부랴부랴 달려가서 하얀색 바탕에 푸른 줄무늬 벽지로 바꿔왔다. 할머니와 엄마가 풀을 발라주면 오빠가 벽지를 붙였다. 나는 오빠가 딛고 선 의자가 흔들리지 않도록 꽉 잡았다. 오빠는 난생처음으로 하는 도배를 꽤 잘 해내서 칭찬을 받았다.

"우리 손자는 어쩜 못하는 게 없누. 참말로 버릴 게 하나도 없다."

할머니가 그런 말을 남발할 때마다 짜증이 났다. 하숙생을 데리고 온 사람이 누군데……. 그래도 불평하지 않고 열심히 일했다. 오랜만에 엄마의 얼굴이 밝아졌기 때문이었다.

하숙비를 한 푼이라도 더 받아내기 위해 벽에 그림 액자를 걸고, 달력을 걸고, 예전에 살던 아파트에서 가져온 나무 조각품도 갖다 놓았다. 아프리카 어린이 조각이었다. 비쩍 마른 몸에 새카만 얼굴, 곱슬거리는 머리카락이 꼭 이 방에 살게 될 남자를 연상시켰다.

온 가족이 시간이 되는 대로 힘을 보태서 일했더니 생각보다 일찍 끝낼 수 있었다. 우리는 초조한 마음으로 마루에 옹기종기 모여앉아 아저씨를 기다렸다.

약속한 열두 시가 되었지만, 아저씨는 오지 않았다.

열두 시 반이 되어도 오지 않았다.

한 시가 되자 배에서 꼬르륵 소리가 났다.

한 시 반이 되자 밥을 먼저 먹자는 말이 나왔다. 우리는 창고방을 정리하느라 아침도 먹는 둥 마는 둥했다. 무척 배가 고팠다. 그래도 첫날인데 같이 먹는 게 좋지 않겠냐고 할머니가 말렸다. 두 시까지만 기다려보기로 했다.

두 시가 지나도 아저씨는 오지 않았다.

도무지 아저씨와 연락할 길이 없었다. 우리는 왜 아저씨의 전화번호를 받아놓을 생각을 하지 않았을까?

"어쩐지 수상해 보였어. 저런 방에 묵으려고 하는 사람이 있다는 것부터가. 그런데 오지도 않을 거면서 뭣 하러 계약금을 주고 갔을까? 진짜 웃기는 사람이네."

언니가 국에 밥을 말아 먹으며 구시렁거렸다.

할머니는 하숙생과의 첫 번째 식사를 위해 소고기뭇국을 끓였다. 할머니는 허탈한 표정으로 국그릇 속의 소고기를 멀뚱히 바라보았다.

"도대체 저 방에 들어간 돈이 얼마인 거야?"

엄마도 불안한지 계산기를 두드려댔다. 아저씨가 주고 간 계약금은 꽃등심을 사 먹는 데 다 써버렸기 때문에, 청소와 도배에 쓰인 돈은 모두 엄마의 지갑에서 나갔다.

"이게 다 너 때문이야."

오빠가 내 머리를 쥐어박았다. 신이 나서 도배를 할 때는 언제고……. 아무튼 만만한 게 나지. 억울했지만 아무 말도 하지 않았다. 두고 보자. 나중에 꼭 사과를 받아낼 테다. 나는 이를 악물었다.

나는 어쩐지 아저씨가 올 것만 같았다. 게다가 포기하기는 아직 일렀다. 두 시간밖에 기다릴 수 없다니, 우리 가족의 인내심은 정말 한심한 수준이다.

하지만 세 시가 되고 네 시가 되어도 아저씨는 오지 않았다.

"나쁜 새끼, 내 손에 걸려들기만 해봐. 죽여버릴 거야."

오빠는 얼굴이 벌겋게 달아올라서는 욕을 해댔다. 그러다가 독서실에 간다며 가방을 메고 나가버렸다.

"차라리 이참에 저 방을 본격적으로 세놓을까요? 공인중개사 사무소에 내놓고."

할머니와 엄마는 좀 더 실질적인 궁리에 들어갔다.

하지만 나는 여전히 아저씨를 기다렸다. 그는 내가 예상했던 용감한 흑기사는 아니지만, 어딘가 믿음직스러워 보였다. 게다가 얼마나 우리 집을 좋아했던가. 저 은행나무와 마룻바닥을 얼마나 사랑스러운 눈으로 바라보았던가. 내가 타준 미숫가루는 또 얼마나 꿀꺽꿀꺽 잘 마셨던가.

온 가족이 포기한 후에도 나는 귀를 쫑긋 세우고 인기척을 기다렸다. 저녁에도 우리는 할머니가 한솥 끓여놓은 소고기뭇

국에 밥을 말아 먹었다. 밥을 먹으면서도 나는 아저씨를 기다렸다. 안방에 모여 TV를 볼 때도 나는 혼자 마루에 나와 대문만 노려보고 있었다.

도대체 무슨 일이 생긴 것일까? 약속을 어길 사람으로 보이지는 않았었는데……. 무슨 사고라도 난 것일까? 혹시 찜질방에 불이라도 난 걸까? 아니다. 찜질방에 불이 났다면 벌써 소문이 돌았을 것이다. 식중독에 걸려서 병원에 입원이라도 했나? 요즘 찜질방 위생이 좋지 않다고 하던데……. 그것도 아니면 개한테 물렸나? 동네를 떠돌아다니는 커다란 백구한테?

이런저런 생각을 하다 보니 잠이 왔다. 꾸벅꾸벅 졸다가 엄마에게 떠밀려 방으로 들어왔다. 벌써 깊은 밤이었다. 잠자리에 들어서도 나는 미련을 버리지 못했다.

한밤중에 누군가 문을 두드렸다. 나는 잠옷 바람으로 나가 문을 열어주었다. 아저씨였다.

"왜 이렇게 늦었어요? 안 오시는 줄 알았잖아요."

나는 눈을 흘기며 말했다. 너무 반가워서 눈물까지 글썽였다.

아저씨는 아무 대답도 하지 않고 씩, 웃기만 했다.

"어서 들어오세요. 다들 잠이 들었으니 인사는 내일 하시고요."

아저씨는 여전히 아무 말 없이 미소만 지었다.

나는 앞장서서 걸어가 창고방 문을 열었다. 짜잔! 그런데 웬

일인가. 우리가 그토록 열심히 청소하고 꾸며놓은 창고방이 아니었다. 수십 년 아니 수백 년은 묵은 것 같은 짐들이 빼곡히 들어찬 이전 그대로의 창고방이었다.

나는 너무 당황해서 아저씨를 쳐다보았다. 그런데 아저씨는 여전히 똑같은 미소를 짓고 있었다. 무언가 이상하다는 생각이 드는 순간, 꿈이라는 것을 깨달았다. 나는 잠에서 깨어났다.

새벽 두 시였다. 정말 아저씨는 오지 않은 것이다.

이제 나도 화가 났다. 우리 가족을 속이다니, 아주 나쁜 사람이다. 그동안 들떠서 좋아했던 것이 바보같이 느껴졌다. 겨우 성적 때문에 이런 바보 같은 일을 벌이다니, 나는 나 자신이 점점 미워졌다. 그런 배신자를 끝까지 믿으려 했다는 것에 더 화가 났다. 너무 화가 나서 눈물이 날 지경이었다. 엄마와 우리를 배신한 아빠보다도 더 미웠다. 그렇게 씩씩거리다 나는 간신히 잠이 들었다.

다음날 아침, 나는 늦잠을 자고 말았다. 시계를 보니, 아침을 거른다면 간신히 지각은 면할 것 같았다. 교복을 입고 허둥지둥 나가려는데 엄마가 나를 불렀다.

"수민아, 밥 먹고 가야지."

"늦었어. 지금 가도 지각이란 말이야."

"그래도 한술 뜨고 가거라."

할머니가 말했다.

"늦었다니간요."

짜증을 내며 뛰쳐나오려다가 나는 밥상을 둘러싼 사람들 중에 낯선 사람이 있다는 것을 알아챘다. 신발을 신으려다 멈춰서서 뒤돌아보니, 한 남자가 엄마와 할머니 사이에서 소고기뭇국에 밥을 말아 먹고 있었다.

나는 늦었다는 것도 잠시 잊고 우두커니 서서 남자를 멀뚱히 바라보았다. 아저씨였다. 흑기사. 그가 온 것이다.

도대체 언제 온 것일까? 정말 신기하고 궁금했지만, 나는 토라진 듯 뒤돌아섰다. 나는 신발을 신고 뛰기 시작했다.

"그러다 넘어져. 조심해서 가."

뒤에서 엄마의 목소리가 메아리처럼 아련하게 들려왔다.

바람이 내 단발머리를 흔들었다. 머리카락 사이로 스며든 바람이 시원했다. 아침 공기가 상쾌했다.

됐다. 어쨌든 아저씨가 왔다. 약속을 지킨 것이다. 아저씨를 믿었던 게 어리석은 일이 아니었다. 도대체 무슨 일이 있었던 것인지 죽을 만큼 궁금했다.

그래도 물어보지 말아야지. 궁금한 척도 하지 말아야지. 그러다 해명을 하려 들면 마지못해 듣는 척해야지.

나는 기분이 좋아졌다. 지각해서 야단을 맞아도 괜찮을 것만 같았다.

그렇게 흑기사 아저씨는 우리와 함께 살게 되었다.

내 이름은 스텔라

내 이름은 스텔라

1

엄마는 마흔 살이 훌쩍 넘어서 나를 낳았다. 내가 태어났을 때, 나보다 일곱 살 많은 언니와 다섯 살 많은 오빠가 우리 집에 먼저 살고 있었다. 보통 그 정도 나이 차가 있는 집에서는 어린 동생을 무척 예뻐한다고 들었는데, 우리 집은 달랐다. 언니는 나를 본체만체했고, 오빠는 엄마가 보지 않을 때면 내 발바닥을 꼬집고 배꼽을 쑤셔댔다. 이따금 뒤통수를 후려갈기고 팔뚝을 물기도 했다.

정말 이상한 사람들과 살게 된 것은 불행한 일이었지만, 나에겐 엄마가 있었다. 엄마는 나를 본 첫 순간에 사랑에 빠져버린 사람이었다.

어려서부터 나는 엄마의 마음을 읽어내는 아이였다. 엄마의 표정만 보아도 엄마가 기쁜지 슬픈지, 외로운지 행복한지 알 수 있었다. 엄마가 기분이 안 좋을 때 오빠가 짜증을 내거나 떼를 쓰면, 나는 몰래 감추어두었던 사탕을 가져다가 오빠의 입에 물려주었다. 사탕이 녹는 동안만이라도 제발 좀 조용하길 바라면서. 엄마가 아빠 때문에 속상해할 때면, 엄마 대신 복수할 수 있는 방법을 궁리했다.

가끔 오빠와 언니의 마음을 읽기도 했다. 오빠가 말썽을 일으키고는 숨기려 하거나, 언니가 거짓말하려는 것을 귀신같이 눈치채고는 엄마에게 살짝 알려주었다.

엄마가 우울해 보일 때는 등 뒤에서 엄마를 꼭 안았다.

"엄마가 세상에서 제일 아름다운 여자라는 건 잊지 않았죠? 오늘은 아줌마들과 수다를 좀 떨고 오세요. 설거지는 제가 해놓을게요."

엄마가 망설이는 동안 나는 엄마의 옷장에서 잔잔한 꽃무늬가 그려진 로맨틱한 원피스를 꺼내 침대 위에 펼쳐놓았다. 엄마는 나를 사랑하지 않을 수 없다는 듯이 부둥켜안고 뽀뽀를 쪽쪽 해댔다.

"너는 참 특별한 아이야!"

엄마는 탄성을 지르곤 했다.

특별하다는 말은 중독성이 있었다. 그 말의 의미를 깨닫기도 전에 엄마의 얼굴에 나타난 표정만으로도 '특별한'이란 말에는 '특별히 좋은', '특별히 중요한', '특별한 대우를 받을 수 있는'이란 뜻이 들어 있다는 것을 알 수 있었다.

언젠가부터 나는 창가에 앉아 상상에 빠지는 일을 좋아했다. 가족들이 나에게 왜 나가서 뛰어놀지 않느냐고, 어디가 아프냐고 물으면, 나는 미소를 띠고 고개를 저을 뿐이었다. 가족들은 친구가 없는 나를 불쌍하게 여겼지만 나는 하나도 심심하지 않았다. 나는 고요하고 평화로운 시간이 좋았다.

해가 질 무렵 창가에 앉아 있으면 질문들이 머릿속에 들어왔다. 이를테면 이런 거였다.

나는 왜 태어났을까?
무슨 특별한 사명이라도 있는 걸까?

노을을 볼 수 있는 날은 더욱 좋았다. 창 너머로 보이는 하늘이 노랗게 물들었다가 붉게 물들었다가 보랏빛으로 바뀌었다. 짙은 어둠이 세상을 점령하려는 순간, 아파트 단지에 있는 가로등들이 일제히 반짝 켜졌다. 마치 용감한 흑기사가 용사들을 몰고 온 것 같았다. 어둠을 물리치고 나에게 왕의 친서를 전하기 위해서.

엄마는 특별한 아이를 키우는 대가를 감수하듯 나의 예민하고 까다로운 점들을 잘 참아주었다. 아기였을 때는 깊이 잠들지 못하는 나를 위해 두꺼운 암막 커튼으로 창문을 모두 가려주었고, 잔잔한 음악을 틀어주었다. 세상에서 가장 보드라운 담요를 덮어주기도 했다. 떠들어서 간신히 잠든 나를 깨웠다는 이유로 오빠는 무진장 얻어맞았다고 들었다. 내가 어느 정도 성장할 때까지는 오빠는 친구도 데려오지 못했다. 그래서 오빠는 나를 더 미워했다.

냄새나 맛에 대해서는 더 예민했다. 조금만 색다른 재료가 들어가도 귀신같이 알아내고 입도 대지 않았다. 내가 가장 사랑하는 맛은 엄마가 만든 맛이었다. 언니는 나 때문에 외식도 못 하고 배달음식도 못 시켜 먹게 되었다고 짜증을 냈다. 엄마는 끼니마다 음식을 만들어야 했지만, 나를 구박하거나 원망하지 않았다. 대신 이렇게 말하며 씩, 웃었다.

"내 딸로 태어나지 않았으면 어쩔 뻔했니? 정말 너 때문에라도 내가 늙지 말아야지."

엄마는 사람들의 말투나 표정에 민감한 나를 꼭 안고 토닥여주었다. 또 내가 상상의 나래를 끝없이 펼칠 때면 졸음을 참아가며 들어주었다.

하지만 엄마의 꿈은 내가 학교에 들어가면서 무참히 무너졌다.

엄마는 충격을 받았다. 내가 가진 특별한 점들이 공부와는 무

내 이름은 스텔라

관하다는 것을 서서히 알게 된 것이다. 엄마는 내 성적표를 받아볼 때마다 경악을 금치 못했다. 특히 수학과 과학을 지지리도 못했다. 학년이 높아질수록 성적은 더 떨어졌다. 엄마는 처음에는 실수라고 여겼고, 이후로는 열심히 하지 않아서라고 야단을 쳤다. 그러나 성적은 좀처럼 올라갈 생각을 안 했다. 기다리다, 기다리다 지친 엄마는 내 성적표를 건성으로 보게 되었다.

엄마는 실망했다고 말한 적이 없다. 참으로 교양 있고 너그러운 어머니시다. 하지만 그건 말하지 않아도 알 수 있었다. 너무나도 분명하게. 엄마는 나에게 더 이상 기대를 걸지 않았으니까.

그렇다고 엄마가 나를 사랑하지 않은 것은 아니었다. 엄마는 여전히 까다로운 막내딸을 위해 음식을 만들었고 옷을 깨끗하게 빨아주었다.

"너도 좀 철이 들어야지. 언제까지 이렇게 까탈스러울래? 이래가지고 사회생활을 제대로 할 수 있겠니? 내가 너무 곱게만 키웠나 봐."

엄마는 이따금 이런 말을 했다. 그리고 한숨을 쉬었다.

엄마가 '실망'이라는 말을 사용하지 않았지만 실망한 것처럼, 나도 '상처'라는 말을 하지는 않았지만 상처를 입었다.

2

열한 살 어느 날, 나는 책을 읽다가 '스텔라'라는 이름과 마주쳤다. 맞은편에서 걸어오는 누군가와 마주친 것처럼.

스텔라, 아름다운 이름이었다. 스텔라의 뜻은 '별'이었다. 스텔라, 스텔라, 스텔라……. 아이스크림처럼 혀 위에서 사르르 녹았다. 머릿속에서는 수많은 별들이 찬란한 빛깔로 반짝였다. 그 이름은 나에게 '내가 비록 공부는 못하지만 여전히 별처럼 빛나는 사람'이라고 말하는 것 같았다. 가슴이 마구 부풀어 올랐다. 나는 '스텔라'라는 이름을 운명처럼 받아들였다.

나는 엄마에게 달려가서 말했다.

"엄마, 내 이름은 스텔라야."

나는 엄마가 굉장히 기뻐할 줄 알았다. 하지만 엄마의 얼굴에서는 어떤 표정도 읽을 수 없었다. 아니, 세게 뒤통수를 얻어맞은 사람처럼 멍한 표정을 짓고 있었다. 엄마가 뭐라고 중얼거렸는데 나는 알아듣지 못했다. 나는 엄마를 흔들었다.

"엄마, 엄마."

엄마의 얼굴은 나를 향해 있었지만, 나를 보고 있는 것 같지 않았다.

나는 다시 엄마를 흔들었다. 깊은 잠에서 깨우듯이.

"엄마, 엄마."

　　　　　　　　　　　　　　　내 이름은 스텔라

"왜! 왜!"

엄마가 짜증을 버럭 냈다.

"뭘, 뭘 어쩌라고!"

그제야 엄마의 시선이 내 눈에 맞춰졌다. 엄마의 눈은 매서웠다. 나는 한 번도 그런 엄마의 눈을 본 적이 없었다.

"엄마, 내 이름이⋯⋯."

"네 이름이 뭐! 네 이름은 수민이잖아."

엄마의 목소리는 차가웠다. 엄마의 표정도 눈빛도 차가웠다. 나는 한 번도 그런 표정과 눈빛을 본 적이 없었다. 나는 지금껏 경험하지 못한 공포를 느꼈다. 소름이 오소소 일어나고 온몸이 부들부들 떨렸다. 나는 엄마에게 안겨서 위로받고 싶었다. 아니, 엄마를 꼭 안고 위로해주고 싶었다. 그러면 엄마가 다시 예전의 모습으로 돌아갈 수 있을지도 모르니까.

하지만 엄마의 생각은 다른 것 같았다. 엄마는 나에게 등을 보이며 돌아앉았다. 엄마는 아무 말도 하지 않았다. 나는 조용히 방을 나왔다. 엄마가 그걸 원하는 것 같았다. 나는 몹시 외롭고 두려웠다.

나는 직감적으로 느낄 수 있었다. 무언가 일이 터졌다. 폭풍이 몰려올 것이다. 나는 그 폭풍의 크기를 짐작도 할 수 없었다. 왜 하필 '스텔라'라는 이름을 발견한 날, 이런 슬픔이 찾아온 걸까. 나는 몹시 서러웠다.

시간이 지나면서 폭풍의 정체는 점점 더 확실해졌다. 엄마 아빠는 물론, 언니 오빠도 나에게만은 알리지 않으려고 애를 썼지만, 소용없는 일이었다. 나에게는 곤충들에게나 있을 법한 발달된 더듬이가 있었다. 그 더듬이가 이미 무슨 일인지 잡아내서 내게 알려주었다.

아빠가 바람난 것이다!

상대는 거래처의 여직원이라는 것도 더듬이가 알려주었다. 그 여자가 우리 엄마보다 훨씬 젊다는 것도.

"그 여자가 엄마보다 예쁠까?"

나는 더듬이에게 물어보았다.

물으나 마나 한 질문이라고 더듬이가 친절하게 대답해주었다.

큰 폭풍이었다. 무시무시한 폭풍이었다. 이불을 뒤집어쓰고 숨을 참아도 피할 수 없는 폭풍이었다.

시간이 지나면서 엄마 아빠의 싸움은 표면으로 드러났다. 크고 작은 전쟁들이 끊이지 않았다. 차가운 침묵이 며칠씩 계속되는 냉전과 치고받고 싸우는 육박전이 번갈아 일어났다. 소소한 물건들이 공중을 날아다니며 공중전을 치르다가 무참히 깨졌다.

큰 소리가 문밖으로 나갔다. 옆집 아줌마도 위층과 아래층 아줌마도 우리 엄마 아빠가 싸운다는 것을 알았다. 불행하게도 아래층에는 우리 반 남자아이가 살고 있었다. 그 애가 소문을 낼까 봐 나는 무척 걱정되었다. 그 애를 만나 부탁을 해볼까 생각했지만, 그러지 못했다. 그 아이의 인격이 훌륭하기를 바랄 뿐이었다.

전쟁터로 변한 우리 집은 더 이상 누구에게도 안식처가 되지 못했다. 마음의 평화를 얻기 위해 나는 거리를 돌아다녔다. 처음에는 몇 번 길을 잃어버렸다. 처음 집으로 가는 길을 잃어버렸을 때는 굉장히 두려웠다. 점점 어두워지는데 도무지 어디가 어딘지 갈피를 잡을 수가 없었다. 다행히 우리 아파트 단지는 꽤 컸기 때문에 그리로 가는 길을 알려주는 친절한 사람들이 많이 있었다. 사람들은 내가 불쌍한 아이라는 것을 어떻게 안 것인지 모두 친절하게 굴었다.

"어디 갔다 오니?"

저녁이 다 되어 들어가도 엄마는 내게 건성으로 물었다. 아마 내가 슈퍼마켓에서 과자나 하나 사오는 줄 알았던 모양이었다. 엄마에게 사실을 말해줄까 말까는 고민할 필요도 없었다. 엄마는 내 대답도 듣기 전에 방으로 들어가 버렸다.

거리를 걸어 다녀도 버스를 타고 다녀도 마음은 편안해지지 않았다. 오늘 밤은 엄마 아빠의 고함을 듣지 않고 무사히 넘어갈 수 있을까? 그 질문이 늘 마음을 불안하게 했다.

수업시간에도 엄마 아빠가 싸웠던 일들이 떠올랐다. 엄마가 한 말, 아빠가 한 말을 나는 혼자서 되새겨보았다. 그중에서 가장 기억에 남는 대사는 이것이었다.

"이럴 거면 뭣 하러 쟤를 낳자고 했어?"

엄마가 울면서 소리쳤다.

그 '쟤'가 아무래도 나인 것 같아서 마음이 아팠다.

한번은 엄마를 위로하기 위해 등 뒤에서 엄마를 안았다.

"너도 이젠 좀 컸잖니? 엄마를 좀 그냥 내버려두면 안 되겠니?"

엄마가 내 팔을 뿌리쳤다.

3

해가 바뀌고 열두 살이 되어도 엄마와 아빠의 싸움은 끝나지 않았다. 엄마는 아빠를 믿을 수 없다고 했고, 아빠는 엄마가 지긋지긋하다고 했다. 엄마와 아빠는 각방을 썼고 서로 말하지 않았다.

열세 살 가을, 아빠가 집을 나갔다. 그리고 돌아오지 않았다.

아빠가 나간 자리에 외할머니가 들어왔다. 정확히 말하자면 외할머니가 들어온 게 아니고 우리가 외할머니의 집으로 이사를 했다.

외할머니의 집은 오래된 주택이었다. 방은 모두 네 개였다.

하나는 안방이라 조금 컸다. 그 방을 할머니와 엄마가 썼다. 나머지 세 개는 작았다. 그중 하나는 언니와 내가, 또 하나는 오빠가 썼다. 다른 하나는 간이 건물처럼 따로 떨어져 있었다. 아주 작은 데다가 온갖 짐이 들어차 있었다. 애초에 방이 아니라 창고로 지은 것 같았다.

화장실은 작아서 불편했는데 그나마도 늘 서늘한 냉기가 돌았다. 샤워할 때마다 온몸이 오들오들 떨렸다. 부엌도 너무 작아서 식탁을 들여놓을 수 없었다. 엄마는 이사할 때 식탁을 버리고 올 걸 괜히 가져왔다며 속상해했다. 우리는 마루에 상을 펴고 둘러앉아 식사했다. 나무로 된 마루는 걸을 때마다 삐걱거리는 소리가 났다. 마루에는 커다란 미닫이 유리창이 있고, 유리창을 통해 마당이 보였다. 그나마 할머니의 집에서 가장 맘에 드는 것이 미닫이 유리창이었다.

"한 삼십 년쯤 후진한 것 같네."

이삿짐을 정리하며 언니가 구시렁거렸다.

삼십 년 전엔 언니도 나도 태어나지 않았지만, 그 말이 맞을 것 같았다.

"언니, 여기도 서울이지?"

"서울은 서울이지. 서울의 끝."

언니의 말을 듣고도 나는 여기가 서울이라는 게 이해가 되지 않았다. 똑같은 서울인데 이렇게 다를 수가 있을까?

"어떻게든 빨리 이 집을 벗어날 거야."

"어떻게?"

그 방법이 좋아 보이면 나도 따라 할 생각이었다.

"아무나 붙잡고 시집이나 가버리지 뭐."

언니의 대답을 듣고 나는 고개를 설레설레 저었다. 이십 년도 더 된 엄마 아빠의 결혼이 그렇게 허무하게 파탄이 난 것을 방금 목격하고도 시집을 가겠다는 생각을 하다니, 나는 언니의 머릿속이 궁금했다.

크지 않은 앞마당 한가운데에는 커다란 은행나무가 한 그루 서 있었다. 수많은 은행들이 우수수 떨어져서 똥냄새 같은 역겨운 냄새가 진동했다. 은행나무 옆으로 텃밭을 만들어서 할머니는 감자와 상추, 파 같은 몇 가지 채소를 재배했다. 하지만 나는 텃밭에서 기른 채소는 먹기 싫었다. 쥐새끼들이 가끔씩 텃밭을 들락거렸기 때문이었다.

이사를 해서 제일 서운한 건, 노을 지는 걸 바라볼 수 있는 창가, 나만의 자리를 잃어버린 것이었다. 어둠 속을 숨 가쁘게 달려온 흑기사처럼 반짝 켜지던 가로등 불빛도.

골목은 늘 어두웠다. 전봇대에 오래된 가로등 하나가 옹색하게 걸려 있었지만 희뿌연 불빛만 겨우 토해낼 뿐이었다. 그마저도 꺼져 있을 때가 종종 있었다.

밤늦게 돌아다니는 언니는 매번 엄마에게 야단을 맞았다.

그래도 언니는 만날 늦었다. 결국 언니가 이긴 거였다.

언니와 싸울 힘도 부족했던 엄마는 나에게는 말을 걸 힘도 없어 보였다. 나와 함께 찬란한 꿈을 꾸었던 엄마는 언니에게 사건사고가 일어나질 않길 바라는 잔소리꾼 엄마가 되었다. 우리의 삶의 수준이 점점 하락하고 있었다. 중학교도 들어가기 전부터 내 인생은 먹구름이 잔뜩 끼어 있었다.

"엄마는 왜 여기에서 살 생각을 한 거지?"

"멍청아, 돈 때문이지. 이제 우린 가난해. 형편에 맞춰서 살아야 되는 거라고."

오빠가 한심하다는 표정으로 말했다. 오빠는 세상을 다 안다는 듯이 잘난 척을 했다. 오빠는 원래 현실감각이 뛰어났다. 모든 것을 현실적인 눈으로 파악했다. 우리가 새롭게 살게 된 세상은 오빠에게 유리해 보였다. 우리의 형편이 후져질수록 점점 더 오빠를 똑똑하게 보이게 만들었다.

"이게 다 그 남자 때문이야."

그 남자는 물론 우리의 아빠다. 아빠가 우리를 버리고 그 여자에게 간 후부터 오빠는 아빠를 '그 남자'라고 불렀다. 오빠의 이글거리는 눈빛을 보면 '그 놈'이나 '그 새끼'라고 부르지 않는 것만으로도 고마워해야 할 것 같았다.

사실 아빠가 불륜을 저지른 후에도 오빠는 아빠를 이해하려고 무진장 애썼다. 아빠의 마음을 잡으려는 듯 아빠에게 더 잘

했고 더 깍듯하게 대했다. 하지만 결국 아빠는 우리를 떠났다. 엄마에게 아니라고 했지만, 그 여자를 계속 만나고 있었던 거다. 그 여자에게 아기가 생겼고, 아빠는 그 아기의 아빠가 되어주기 위해 우리를 버렸다. 아빠가 짐을 싸들고 나가는 날, 아빠의 뒤통수에 대고 오빠가 소리쳤다.

"그렇게 가고 싶으면 가. 가버려, 이 새끼야."

그 말을 듣고 아빠는 잠시 멈춰 섰다. 시간이 멈춰버린 것 같은 순간이었다. 아빠는 어떻게 반응할까? 돌아서서 오빠를 두들겨 패지는 않을까? 그럼 오빠는 또 어떻게 행동할까? 오빠도 아빠를 때릴까? 그럼 오빠는 말로만 듣던 패륜아가 되는 걸까? 나는 너무 무서워서 숨이 멈춰버린 것 같았다.

다행인지 불행인지 아빠는 아무 행동도 하지 않았다. 아빠는 현관문을 열고 가던 길을 갔다. 그리고 다시 되돌아오지 않았다.

그날 밤 잠자리에서, 나는 그 일에 대해 다시 생각해보았다. 아빠가 오빠를 때리지 않은 것은 다행인 일인데도, 나는 화가 났다. 아빠에게 우리는 더 이상 중요하지 않은 것 같은 느낌이었다. 아빠에게 우리는 자식도 아닌 것 같았다. 가슴속으로 불이 확 타올랐다가, 서늘한 바람이 불었다가 그랬다.

"너 휴대폰 내놔봐."

오빠가 퉁명스럽게 말했다.

"내 휴대폰은 왜?"

"내 놓으라면 내놔."

나는 순순히 휴대폰을 건네주었다. 예전 같으면 이런 말도 안 되는 협박에 따르지 않았겠지만, 지금은 상황이 달랐다. 고집을 부리다간 오빠한테 머리통을 한 대 얻어맞을 것 같았다.

오빠는 내 휴대폰에서 아빠의 전화번호를 지워버렸다.

"그 남자에게서 전화가 와도 받지 마. 만날 생각은 더더욱 말고."

"그래도 아빠인데……."

"넌 의리도 없어? 엄마가 불쌍하지도 않아?"

오빠가 버럭 소리를 질렀다. 내 휴대폰을 던져버리기라도 할 태세였다.

"알았어."

나는 기어들어가는 목소리로 대답했다.

나는 정말로 아빠의 전화를 받지 않았다. 오빠에게 들키게 될까 봐 무섭기도 했지만, 그것 때문만은 아니었다. 나는 엄마에게 들키는 게 두려웠다. 엄마는 종종 넋두리를 했다. 예전엔 마시지 않던 소주도 마셨다. 넋두리의 대부분은 아빠에 대한 욕이었다.

"어디 얼마나 잘 사나 두고 보자."

엄마는 시뻘게진 눈을 부릅뜨고는 부르르 떨었다.

전화를 받지 않자, 아빠는 내게 가끔 안부를 묻는 문자메시지를 보내왔다. 아주 우리를 잊어버린 것은 아닌 모양이었다. 나는 내심 안도했지만, 답장하지는 않았다. 그렇게 몇 달이 지나자, 아빠와의 연락은 끊겼다.

반면에 언니는 아빠를 이따금 만나고 있었다. 나는 그 사실을 언니의 소지품을 보고 눈치챘다. 언니가 우리의 형편으로는 살 수 없는 명품가방을 사 들고 와서는 남자친구가 사줬다고 거짓말을 했다.

이전 같으면 엄마가 이런 말도 안 되는 얘기를 그냥 듣고 넘길 리 없었다. 하지만 요즘 엄마는 정신이 반은 나가 보였다. 엄마는 모든 게 다 귀찮아 보였다. 그래서 나도 엄마 가까이 가지 않았다. 엄마는 위로가 필요한 게 아니라 휴식이 필요해 보였다.

4

내가 중학교에 입학하면서 엄마는 일을 시작했다. 아빠에게 위자료로 받은 아파트를 처분했지만 대학생과 고등학생과 중학생인 세 자녀를 키우고 남편 없는 노후까지 대비하기에는 역부족이었다. 게다가 아파트를 판 돈의 일부를 이모부 말만 듣고 주식에 투자했다가 날려버렸다. 엄마는 특단의 조치가 필요했다. 여기저기 알아보다 엄마가 정착한 일은 프랜차이즈 치킨집이었다.

치킨집 사장님이 된 엄마는 아침부터 밤늦게까지 치킨집을 지켰지만, 고객의 마음을 끌기가 쉽지 않았다. 처음에는 오픈 행사로 사은품도 주고 할인 행사도 해서 주문이 꽤 들어왔다. 하지만 행사기간이 끝나자 주문이 눈에 띄게 줄어버렸다며 엄마는 울상을 지었다. 게다가 주위에 경쟁업체도 많아서 늘 마음을 졸였다. 엄마에게서는 늘 지독한 기름 냄새가 났고, 우리는 팔다 남은 치킨으로 저녁을 때워야 하는 날들이 많았다. 몇 달째 적자였다. 그런데도 엄마는 늘 시간이 없었다. 나는 엄마와 대화다운 대화를 나눠본 게 언제인지 가물가물했다.

엄마는 살림을 외할머니에게 맡겼다. 외할머니는 모든 게 거칠었다. 얼굴도 거칠고, 손바닥도 거칠고, 말투도 거칠었다. 할머니의 얼굴을 볼 때마다 나는 아름다움이 오래전에 사라져버린 늙은 여자의 슬픔을 목격하는 기분이었다. 정작 할머니는 외모에 전혀 관심이 없다는 게 다행이라면 다행이었다. 외할머니는 교회를 열심히 다니지만 여전히 무식하고 사나웠다. 하나님도 무식하고 사나운 건 고치지 못하는가 보다. 할머니가 사랑하는 사람은 오빠다. 교회에서는 하나님보다 더 사랑하는 것은 모두 우상이고, 우상숭배는 죄라고 한다는데 할머니의 우상은 오빠였다.

우리 집에 나타난 또 다른 변화는 오빠가 절대 권력을 갖게 된 것이다. 엄마는 나를 오빠에게 맡겼다. 오빠는 이제 자타가 공인하는 우리 집 가장이 되었다. 오빠는 아빠가 집을 나가면서부터 공부에 불이 붙기 시작했다. 그 와중에 공부가 되다니, 정말 무서운 인간이다. 외과 의사들이 사용하는 수술용 메스로 가슴을 열어보면 강철로 된 심장이 들어 있을 것이다. 특히 내가 제일 못하는 수학과 과학을 잘했다. 고등학교 2학년 때부터 오빠는 성적이 오르기 시작했다. 좋은 대학에 가서 엄마에게 효도할 거라고 했다.

"그러니까 엄마, 조금만 참아."

오빠의 말을 들으며 엄마는 눈물을 글썽거렸다.

엄마는 오빠를 위해 술도 끊었다. 이제 엄마를 위로할 수 있는 사람은 내가 아니라 오빠였다.

내 편을 들어줄 사람은 아무도 없었다. 나를 이해해줄 사람도 없었다. 엄마도 내가 예민하게 구는 것을 봐주지 않았다. 할머니의 음식이 입에 안 맞아서 힘들어하면 눈을 흘기며 참고 먹으라고 했다. 오빠가 나에게 못되게 구는데도 엄마는 할머니 말만 듣고 모른 척했다.

내 이름은 스텔라

5

나의 고독과 사색은 "쟤는 왜 저렇게 청승을 떠누." 하는 할머니의 한마디로 정리되었다. 예민한 감수성은 '속 좁은 계집애의 소심함'으로 비난을 받았다. 사람들은 이제 나를 특별한 아이가 아니라 공부 못하는 찌질이로 보았다.

하지만 나는 여전히 궁금했다. 나는 왜 태어났을까? 나에게 주어진 특별한 사명은 없는 걸까?

한동안 나는 우리 동네에 사는 민주 언니의 인생을 부러워했다.

민주 언니는 예쁘다. 민주 언니의 꿈은 '부잣집에 시집가는 것'이다. 민주 언니는 예뻐서 공부를 안 해도 뭐라 하는 사람이 없었다. 민주 언니 엄마는 여자는 외모가 최고의 스펙이라면서 고등학생인 민주 언니를 9시부터 재웠다. 일찍 자야 키도 크고 피부도 좋아진다고 했다.

민주 언니가 지나가면 남자들이 쫓아왔다. 어린애고 어른이고 다들 힐긋댔다. 수줍어서 몰래몰래 보는 사람들도 있었고 대놓고 말을 걸고 전화번호를 따내려는 사람들도 있었다. 아가들까지 민주 언니를 보면 방긋 웃었다. 심지어 동네 개들도 민주 언니 앞에서는 꼬리를 흔들었다.

우리 오빠도 민주 언니를 좋아했다. 무관심한 척하고 있지만, 나는 이미 알고 있었다. 민주 언니 얘기만 나오면 귀를 쫑긋 세우고, 민주 언니만 지나가면 얼굴이 빨개진다는 것을.

나는 민주 언니가 부러웠다. 예뻐서 부러운 게 아니라 캐릭터가 있다는 게 부러웠다. 우리가 살아가는 것을 연극에 비유하자면, 민주 언니의 배역은 '예쁜 여자'였다. 나는 예쁜 여자라는 것만으로도 존재감이 어마어마하다는 것에 감탄했다.

나는 거울을 들여다보며 여러 가지 표정을 지어보았다. 어떻게 보면 나도 좀 예쁜 구석이 있었다. 그럼 그쪽으로 방향을 틀어볼까? 민주 언니처럼 예쁜 여자는 못돼도 '깜찍한 여자'는 될 수 있지 않을까?

하지만 깜찍한 여자가 되는 것도 쉽지 않았다. 깜찍한 것에 알맞은 성격이 필요했다. 예쁜 여자는 민주 언니처럼 좀 맹하게 보이고 말이 없어서 신비감을 풍기면 되겠지만, 깜찍한 여자는 어쩐지 활발하고 명랑해야 할 것 같았다. 나는 도저히 그런 성격을 가질 수 있을 것 같지가 않았다.

나는 우리 언니의 인생도 관찰해보았다. 나보다 일곱 살이 많은 언니는 대학교 2학년이다. 여대에 다니는 언니는 학교에 가고, 저녁엔 카페 아르바이트를 하고, 주말에는 남자친구를 만나거나 남자친구 몰래 미팅을 했다.

언니는 집에 있는 시간이 거의 없었다. 잠자고 밥 먹고 화장하는 것만 집에서 했다. 가끔 MT를 간다면서 집에 들어오지 않았다. 언니는 나보다 더 이 집을 싫어하는 것 같았다. 어떻게 해서든 건수를 만들어서 집을 나갔다. 이따금 나는, 집에 들어왔다 나간 것이 언니가 아니라 언니의 그림자인 것 같았다.

집에 있을 때 언니가 내게 하는 말은 고작 이런 것이었다.

"꼬맹아, 물 좀 갖다줄래?"

"꼬맹아, 너 이거 가질래?"

"꼬맹아, 잠 좀 자게 불 좀 꺼줄래?"

그러면 나는 대답 대신 고개를 끄덕였다. 나는 가끔 궁금했다. 언니는 내 목소리를 알고 있을까? 길을 가다 뒤에서 언니의 이름을 부르면 내가 부른 줄 알까?

언니가 못 알아챘다고 해도 어쩔 수 없다. 내가 태어났을 때 언니는 나를 상대하기에는 이미 너무 커버린 뒤였고, 언니는 한 번도 여동생을 원한 적이 없었다. 오히려 늦둥이를 낳은 부모를 주책없다고 창피해하는 것 같았다.

그래도 나는 언니에게 물어보았다. 나는 지금 다른 사람들의 인생에 대해 질문을 던지고 있는 중이니까.

"언니, 언니는 뭘 할 거야?"

"뭘 하다니?"

언니가 화장을 지우며 건성으로 물었다.

"무슨 일을 하면서 살 거냐고……. 언니 전공을 살려서……."

내 말이 끝나기도 전에 언니가 대답했다.

"전공을 살리긴 뭘 살려. 난 아무거나 해서 돈을 모을 거야."

"엄마를 도우려고 그러는 거야?"

언니는 피식 웃었다. 꿈도 야무지다는 듯이.

"그럼 돈을 벌어서 뭘 할 건데?"

"남미에 갈 거야."

"남미? 아르헨티나나 멕시코 같은 데 말이야?"

"그래. 그런 데."

"거긴 왜?"

"거기가 여기서 제일 머니까."

언니는 그렇게만 말하고 아무 말도 하지 않았다. 보통의 열네 살은 이런 말의 뜻을 알아채지 못할 것이다. 하지만 나는 알 수 있었다. 내게는 더듬이가 있으니까.

언니는 지긋지긋하다고 말하고 있는 거다. 집이. 현실이. 그래서 도망가고 싶다는 것이다. 우리 집에서 제일 먼 곳으로.

나는 서운했다. 다른 가족들은 나 몰라라 하고 혼자 도망갈 생각만 하다니…… 명색이 맏이가 그래도 되는 거야? 그건 너무 비겁한 거 아냐? 아빠처럼 언니도 우리를 버리고 가려는 거야? 엄마가 불쌍하지도 않아? 그렇게 말하고 싶었지만, 말하지 않았다. 그런 말을 할 분위기가 아니라고 더듬이가 말렸다. 차라리 언니의 말을 못 알아들은 척하기로 했다.

나는 거울에 비친 언니의 얼굴을 유심히 들여다보았다. 언니는 내가 보는 것도 아랑곳하지 않고 클렌징오일을 묻힌 화장 솜으로 짙게 그린 아이라인을 지우고 있었다. 스물한 살은 꽤 많은 나이인 걸까? 언니가 이상하게 늙어 보였다.

벽 한쪽에 명품가방이 세 개 쪼르르 붙어 있었다. 언니가 아빠를 졸라서 산 것이었다. 남자친구가 사줬다는 거짓말은 오래 가지 못했다. 엄마도 할머니도 이제는 언니가 아빠를 만나고 있는 것을 알고 있었다. 할머니는 명품가방에 환장을 한 미친 년이라고 욕을 했다. 하지만 그건 할머니가 언니를 몰라서 하는 소리다.

언니는 한 번도 명품가방을 들고 나간 적이 없다. 언니는 명품가방이 갖고 싶어서 아빠를 만난 게 아니다. 단지 언니는 아빠에게 그런 식으로 복수를 하고 있었던 거다.

"꼬맹아, 넌 요즘도 이상한 짓을 하니?"

"응? 무슨 짓?"

"엄마를 흥분하게 만들었던 거 있잖아. 엄마가 허황된 꿈을 꾸게 만들었던 거……. 특별하다나 뭐래나?"

언니가 킬킬 웃었다. 나를 비웃는 것이다. 나는 자존심이 몹시 상했다. 죽을 만큼 창피했다.

차라리 언니가 늙고 못생긴 멕시코 남자의 세 번째 부인이 되어 지금 당장 멕시코로 떠나버렸으면 좋겠다고 생각했다.

6

어느 날 나는 할머니에게 정색을 하고 물었다.

"할머니, 정말 신이 있어?"

"그럼, 당연하지."

"교회에 가면 신을 만날 수 있어?"

"그럼. 만날 수 있지."

"좋아, 그럼 신을 만나러 가보겠어."

나는 할머니를 따라 새벽예배에 갔다. 신에게 내가 세상에 태어난 이유를 묻기 위해서였다. 사람들이 많은 일요일 예배보다는 평일 새벽예배가 신을 만나기에 수월할 것 같았다. 사람이 너무 많으면 신이 일일이 만나주기 힘들 것이고 나같이 교회에 처음 온 애는 그냥 지나칠 수도 있을 것 같았다. 게다가 낯선 사람들이 붐비는 곳은 질색이었다.

"어린 게 잠이나 잘 것이지 새벽부터 왜 수선을 떨고 따라나서누 따라나서긴. 가고 싶으면 주일 낮에 가면 되지."

할머니가 나를 귀찮아했지만, 나는 아랑곳하지 않았다. 새벽예배에 따라가기 위해 밤새 잠을 설쳤다. 할머니가 깨워주지 않을 것 같아서 긴장을 늦추지 않다 보니 한 시간 단위로 잠이 깼다.

신을 만나러 가는 길은 고달팠다. 어둡고 인적도 드문 길을

내 이름은 스텔라

이십 분도 넘게 걸어야 했다. 이렇게 먼 길을 새벽마다 다니다니, 갑자기 할머니가 대단하게 느껴졌다.

예배당은 예상대로 한산했다. 예배에 참석한 사람은 열 명이 될까 말까 했다. 나는 비장한 각오로 앞에서 세 번째 자리에 앉았다. 눈을 부릅뜨고 목사님을 쳐다보았다. 하나님을 만나는 방법은 알지 못했지만, 일단은 목사님의 설교를 들어야 할 것 같았다.

그런데 목사님의 설교가 너무 지루했다. 게다가 새벽 다섯 시였다. 눈꺼풀이 자꾸 내려왔다. 한참을 졸다가 정신을 차리고 보니 옆에서 할머니가 꾸벅꾸벅 졸고 있었다. 저렇게 잘 거면서 뭐 하러 새벽예배에 나오는 건지⋯⋯. 할머니가 교회에 다녀도 조금도 착해지지 않는 데는 다 이유가 있었다.

"할머니, 일어나. 다 끝났어. 집에 가자."

나는 할머니를 흔들어 깨웠다.

"아, 누가 자고 있었다고 그래? 이 잡것이 기도하는데 왜 방해하고 난리야?"

할머니가 부스스 눈을 뜨며 변명을 했다.

나는 할머니의 거짓말을 눈감아 주기로 했다.

결국 나는 아무도 만나지 못하고 아무것도 묻지 못한 채 집으로 돌아왔다.

그날 이후로 나는 무난한 아이가 되기로 작정했다. 까다롭고 예민하게 굴지 않기로 한 것이다. 할머니가 해준 음식도 꾸역꾸역 삼켰다. 도저히 비위가 안 맞는다 싶을 때는 약을 먹는 기분으로 물과 함께 꿀꺽 삼켰다.

학교에서도 딴생각을 하지 않으려고 노력했다. 성적은 많이 올라가지 않았지만 뭐 그런대로 평균은 되었다. 친구들도 좀 더 적극적으로 사귀어보기로 했다. 아이들과 무리 지어 다니는 것은 여전히 힘들어서 집으로 돌아오면 녹초가 되었다. 그래도 왕따가 되지 않으려고 기를 썼다. 나는 왕따가 되고 싶지 않았다. 왕따는 눈에 띄었다. 나는 그런 식으로 눈에 띄고 싶지 않았다. 누가 보아도 이제 나는 혼자 있는 아이가 아니라 친구들과 어울리는 아이가 되었다.

가족들은 내가 이제야 철이 들었다고 말했다. 나는 그냥 웃어주었다. 내 딴에는 쓴웃음이었지만, 남들은 그렇게 생각하지 않는 것 같았다. 드디어 나는 나름대로의 캐릭터를 찾았다. 그건 행인1, 혹은 행인2 같은 평범해서 눈에 띄지 않는, 그런 역할이었다. 내 얼굴에 잘 맞는 가면을 구한 것 같았다. 학생1, 혹은 학생2. 혹은 학생 14.

그렇게 열네 살 여름이 다가오고 있었다. 내 이름은 '스텔라'가 아닌 '수민'이다. 수수하고 평범한 이름처럼 나는 조금도 특별하지 않은 아이로 살아가고 있었다.

닝구 씨를 만나기 전까지는.

수상한 닝구 씨

1

나는 그렇게 볼품없이 마른 사람은 처음 보았다. 볼은 푹 꺼지고 눈은 퀭했다. 까무잡잡한 얼굴에 톡 튀어나온 앞니 두 개만 하얗게 빛났다. 여드름 자국은 짐작했던 것보다 더 심각했다. 정말 화산이 폭발한 흔적 같았다.

아저씨는 여름내 겨드랑이 부분이 다 늘어진 난닝구(러닝셔츠)에 추리닝 바지를 입고 있었다. 그래서 김영태라는 본명이 있는데도 나는 아저씨를 닝구 씨라고 부르기로 했다. 내가 닝구 씨라고 부르자 다른 가족들도 모두 아저씨를 닝구 씨라고 불렀다.

"제발 옷 좀 제대로 입고 있으라고 해. 꼴 보기 싫어 죽겠어."

"냅둬라. 발가벗고 있는 것도 아닌데."

언니가 구시렁거릴 때마다 할머니는 닝구 씨를 두둔했다.

닝구 씨가 하숙비를 제법 두둑이 내놓은 까닭이었다. 닝구 씨는 흥정도 하지 않고 할머니가 제시한 조건을 흔쾌히 받아들였다. 팔이 안으로 굽는다지만, 나는 할머니가 부른 금액이 양심적이지 않다는 것을 인정할 수밖에 없었다.

닝구 씨가 할머니 마음에 든 이유는 또 있었다. 닝구 씨는 할머니가 만든 음식을 정말 잘 먹었다. 우리 가족 중 누구도 할머니의 음식이 특별히 맛있다고 생각하는 사람은 없었다. 정확하게 말하면 우리는 모두 할머니가 요리를 정말 못한다고 생각하고 있었다. 항상 너무 짜거나 너무 싱거웠다. 한 번쯤은 실수로라도 간이 맞을 만도 한데 신기하게도 그런 일은 일어나지 않았다.

그러니까 닝구 씨는 할머니의 음식이 입에 딱 맞는 유일한 사람이었다. 닝구 씨가 하도 맛있게 먹자 할머니는 신이 났다. 반찬을 만들 때마다 지금까지 볼 수 없었던 열의를 보였다. 평소엔 만들지 않던 새로운 음식에도 도전을 했다. 그러면 닝구 씨는 눈이 휘둥그레져서는 또 열심히 먹었다.

신기한 일은 그뿐이 아니었다. 닝구 씨가 하도 맛있게 먹으니까 나도 덩달아 먹어보고 싶은 충동이 일어났다. 그 사이 할머니의 실력이 발전이라도 한 것인가 궁금했다. 그래서 평소에는 절대로 먹지 않는 종류의 반찬도 먹어보았다. 하지만 번번이 결과는 똑같았다. 정말 비위에 안 맞았다.

"엄마, 엄마는 어디서 요리를 배웠어?"

"특별히 요리를 배운 적은 없는데?"

"그럼 엄마는 어떻게 그렇게 음식을 맛있게 만들 수 있어? 할머니 같은 사람이 만든 음식을 먹고 자랐으면서."

나는 진심으로 궁금했다.

"우리 까다로운 막내딸이 또 시작이군. 잔말 말고 할머니가 만들어준 음식 골고루 먹으셔."

엄마가 눈을 흘겼다.

나는 엄마의 음식이 언제나 그리웠지만 참을 수밖에 없었다. 엄마의 하루는 치킨집 일만으로도 정말 고달팠다.

토요일 오후, 나와 할머니, 닝구 씨 이렇게 셋이서 점심을 먹고 있었다. 닝구 씨는 어느새 밥 한 공기를 다 먹어치우고 한 그릇을 더 부탁했다. 할머니는 신이 나서 부엌으로 밥을 푸러 갔다. 할머니는 이제 자신이 정말 음식을 잘 만든다고 믿는 것 같았다.

"아저씨, 아저씨는 정말 할머니 음식이 그렇게 맛있어요?"

닝구 씨와 단둘이 남게 되자, 나는 살짝 물어보았다. 진실이 궁금했다.

"그건 네가 더 잘 알잖니?"

닝구 씨가 싱글싱글 웃으며 대답했다.

"그게 무슨 말이에요?"

"내가 처음 이 집에 왔을 때 나한테 말했잖니. 할머니 요리 솜씨가 최고라고."

닝구 씨가 나를 보며 빙그레 웃었다.

저 웃음의 의미는 뭐지? 괜히 찔려서 나는 닝구 씨의 시선을 슬쩍 피했다.

때마침 할머니가 밥을 수북이 담은 밥그릇을 들고 왔다.

"잘 먹겠습니다."

닝구 씨는 큰 소리로 말하고는 숟가락 가득 밥을 퍼서 입에 넣었다. 젓가락으로는 도라지 나물을 잔뜩 집어서 입에 넣었다. 그리고는 쩝쩝 소리를 내가며 먹었다. 정말 맛있다는 듯이.

오늘따라 할머니의 반찬이 더 맛이 없었지만, 나도 열심히 먹을 수밖에 없었다. 그렇지 않으면 내가 거짓말을 했다는 것을 인정하는 게 될 테니까.

그런데 닝구 씨는 정말 할머니의 음식이 맛있는 걸까? 혹시 내가 거짓말을 한 것을 이미 눈치챈 것은 아닐까? 하지만 맛없는 음식을 매번 저렇게 많이 먹을 수 있을까? 도대체 이 사람의 속마음은 뭐지? 곤충의 것처럼 발달된 내 더듬이도 이것만큼은 알아내지 못했다. 그래서 더 궁금했다.

저렇게 잔뜩 먹고도 저토록 마를 수 있다는 것도 수수께끼였다. 정말 뱃속에 거지가 하나 살고 있는 것 같았다.

수상한 점은 또 있었다.

닝구 씨는 하는 일이 없었다. 학교에서 돌아오면 닝구 씨는 늘 집에서 빈둥거리고 있었다.

"젊은 사람이 밖에 나가 일을 해야지. 이렇게 집에만 있어서 어떻게 하누?"

할머니는 말은 그렇게 해도 닝구 씨가 집에 있는 게 싫지 않아 보였다.

닝구 씨가 집 안 이곳저곳의 잔고장들을 모두 고쳐주었기 때문이었다. 오래돼서 헛돌아가는 수도꼭지도 갈아주고, 깜박거리는 전등도 바꿔주고, 마루 밑의 쥐구멍도 시멘트로 막아주었다. 자꾸만 서랍 밑이 빠지는 할머니의 장롱에도 못을 박아주었다.

그런 날 저녁이면 할머니는 닝구 씨의 밥그릇에 밥을 더 수북이 담았다. 닝구 씨가 밥 먹는 모습을 흐뭇하게 바라보기도 했다. 오빠는 좀 뾰로통해 보였다. 자신을 우상으로 섬기던 할머니의 관심과 애정이 닝구 씨에게로 흘러들어가는 게 못마땅한 모양이었다. 오빠의 그런 모습이 나를 행복하게 만들었다. 나는 내 달걀프라이를 닝구 씨에게 밀어주었다.

닝구 씨는 누가 시키지도 않았는데 페인트를 사다가 녹슨 철문을 칠했다. 처음에 할머니는 닝구 씨가 돈을 달라고 할까 봐 불안해했다.

"아니, 멀쩡한 대문을 왜 건드리나 건드리긴."

멀쩡하지 않은 줄 알면서 할머니는 시치미를 뗐다.

닝구 씨는 대답 대신 씩, 웃었다.

초록색 페인트가 새로 칠해진 대문은 산뜻하고 화사했다.

"선물이에요. 함께 살게 된 기념으로 드리는 선물."

페인트칠을 다 마치고 난 뒤에야, 닝구 씨가 말했다. 짧고 굵게. 못생기고 혀 짧은 닝구 씨가 이렇게 멋져 보이기는 처음이었다.

우리 집 대문을 보고 앞집에 사는 아줌마도 닝구 씨에게 페인트칠을 부탁했다. 앞집이 끝나자 옆집이 부탁했다. 옆집이 끝나자 기다렸다는 듯이 그 옆집이 부탁하고, 그 앞집이 부탁하고…… 결국 닝구 씨는 골목에 있는 모든 집들의 대문을 칠해주었다. 어떤 집은 파란색 대문을 어떤 집은 노란색 대문을 어떤 집은 빨간색 대문을 갖게 되었다.

2

어느 날 학교에서 돌아와 보니, 닝구 씨가 담벼락에 그림을 그리고 있었다.

"리틀 레이디, 이제 오니?"

나는 성급히 주위를 살폈다. 혹시 지나가는 누군가가 들었을까 봐 가슴을 졸이면서. 조만간 날을 잡아서 따끔하게 말해야겠다고 생각했다. 다시는 나를 리틀 레이딘지 뭔지로 부르지 못하도록.

"이게 다 뭐예요?"

"이게 훨씬 좋지 않아?"

아닌 게 아니라 새로 칠한 대문 때문에 상대적으로 시멘트 담벼락이 더 지저분해 보였었다. 담벼락까지 칠하자 이전과는 전혀 다른 새로운 집으로 보였다.

"같이 할래?"

닝구 씨가 톰 소여처럼 나를 꼬려고 들었다.

그런데 너무 재미있어 보였다. 나도 모르게 붓을 들었다.

"뭘 그리려는 거죠?"

닝구 씨는 대답 대신 또 씩 웃었다.

나는 앞집 담벼락까지 뒷걸음쳐 갔다.

계단처럼 위에서 아래로 늘어진 집들의 벽이 모두 하얀, 신비롭고 독특한 마을이었다. 돔 모양의 둥근 지붕은 파란색이었다. 마을 너머로 지붕의 색깔처럼 파란 바다가 보였고 그 너머로는 섬들이 떠 있었다. 바다에는 돛을 펼친 배들이 유유히 항해를 했다. 평화롭고 아름다워 보였다. 보고 있으면 마음이 편안해질 것 같았다.

"그리스 산토리니에 있는 이아 마을이야."

"여기서 살아봤어요?"

"아니."

"그럼 여기 가봤어요?"

"아니."

닝구 씨가 너무나도 뻔뻔스럽게 대답했다.

"그럼 어떻게 여기를 알아요?"

"생각에 날개를 달면 되지."

생각에 날개를 단다고? 그건 내가 제일 좋아하는 것인데…… 나는 갑자기 이 못생기고 혀 짧은 남자가 달라 보였다.

"아저씨는 화가인가요?"

"아니."

"그럼……?"

"특별히 하는 일은 많지 않지만……."

"백수인가요?"

내 목소리가 살짝 떨렸다. 백수라면 하숙비는 제대로 낼 수 있을까, 걱정이 되었다.

"소설을 쓰지."

닝구 씨의 입에서 예상치 못한 대답이 나왔다. 나는 깜짝 놀라서 되물었다.

"그럼 소설가인가요?"

닝구 씨가 하얀 이빨을 드러내며 미소를 지었다.

나는 어려서부터 책 읽기를 좋아해서 수많은 책들을 읽었지만 책을 쓰는 사람을 만난 것은 처음이었다. 그런데 우리 집에 들어와 살게 된 사람이 소설가라니……. 나와 함께 밥을 먹고, 같은 화장실을 쓰고, 할머니의 집 쥐구멍을 시멘트로 막아준 사람이 소설가라니……. 갑자기 가슴이 두근거렸다. 마치 내가 어젯밤에 숨을 죽여가며 읽었던 소설의 작가를 만난 것처럼.

한동안 나는 정지된 채, 닝구 씨를 멀뚱히 바라보고 있었다. 닝구 씨는 내가 보는 것을 아는지 모르는지 그림을 그리는 것에만 열중했다. 산토리니의 마을을 배경으로 서 있는 닝구 씨가 신비롭게 보였다. 닝구 씨의 얼굴에 난 화산폭발 자국도 어쩐지 소설가의 고뇌를 나타내는 흔적처럼 비장하게 느껴졌다.

나는 드디어 자신의 숙명을 알고 있는 사람을 만난 것이다. 나는 이런 갑작스런 만남이 당황스러우면서도 기뻤다. 어쩌면 이 소설가는 내가 왜 태어났는지에 대해 말해줄 수 있을 것만 같았다. 어쩌면 내 마음속 질문에 대한 답을 알려줄 수 있을지도 모른다. 그런 생각을 하자 형언할 수 없는 기쁨이 가슴속으로 번져나갔다.

나는 처음으로 외할머니의 집에서 살게 된 게 기뻤다. 아빠와 엄마가 헤어진 것도 피할 수 없는 숙명이었던 것처럼 느껴졌다. 모든 것이 다 이 순간을 위해 필요했던 것이다. 운명적으로, 운명적으로!

너무 흥분한 나머지 그날 밤 나는 좀처럼 잠을 이루지 못했다.

"너 지금 과민상태야. 지금 자지 않으면 내일 엄청나게 고생할걸."

더듬이가 계속해서 나를 타일렀다.

"그래도 어쩔 수 없어. 나도 나를 어쩔 수 없거든."

나는 한숨을 쉬었다. 슬프거나 답답할 때 쉬는 한숨은 아니었다. 하지만 나는 또 다른 의미의 고통을 느끼고 있었다. 극도의 흥분에는 늘 약간의 고통이 따라왔다.

3

닝구 씨에 대한 환상이 깨지는 데는 오랜 시간이 걸리지 않았다.

나는 기대에 찬 눈으로 닝구 씨를 관찰했다. 남들과 뭐가 달라도 다를 것이다. 닝구 씨도 어쩌면 나처럼 유달리 감각이 예민할지도 모른다. 그래서 나의 고통을 이해해줄지도 모른다. 어쩌면 닝구 씨는 다른 사람이 모르는 고통을 혼자만 가지고 있을지도 모른다. 우리는 그런 남모를 고통에 대해 이야기를

내 이름은 스텔라

나눌 것이다. 나는 어떤 '차이'에 대한 단서를 찾기 위해 닝구 씨에게서 눈을 떼지 않았다.

하지만 닝구 씨에게서 특별한 점이란 찾아볼 수가 없었다. 예민하다기보다는 오히려 둔한 편이었다. 위생 감각도 떨어져서 마룻바닥에 떨어진 음식도 막 주워 먹었다. 언니가 그렇게 무시를 하는데도 꼭 아는 척을 해서 더 무시를 당했다. 오빠가 공부할 때 노래를 부르다가 할머니에게 한바탕 욕을 얻어먹기도 했다. 아무 일도 하지 않고 뒹굴거리다 밥만 잔뜩 먹는 게 여느 백수보다 못하면 못했지 나을 게 없었다.

더 한심한 것은 동네 조무래기들과 어울려 노는 것이었다. 내가 학교에서 돌아올 때면 닝구 씨는 초등학생들과 어울려 딱지치기나 구슬치기를 했다. 심지어 딱지를 직접 접어 나눠준 사람도 닝구 씨고 구슬의 출처도 닝구 씨의 배낭이라고 했다. 애들과 딱지치기를 할 때는 얼마나 열을 올리던지, 나는 보기 민망해서 서둘러 집 안으로 들어오곤 했다. 소설가라기보다는 사라져가는 전통놀이 계승자 같았다. 게다가 닝구 씨가 글을 쓰는 모습은커녕 책을 읽는 모습조차 보지 못했다.

우리 가족들도 닝구 씨를 무시하는 게 보였다. 닝구 씨가 자리에 없으면 닝구 씨 흉내를 내며 낄낄거렸다.

할머니에게도 닝구 씨의 약발이 떨어졌다. 할머니는 다시 오빠라는 우상을 숭배하기 시작했다. 할머니의 마음은 밥상에서 확연히 드러났다. 언제부터인가 할머니는 요리에 대해 자신감이 충만하다 못해 교만해졌다. 더 이상 닝구 씨의 칭찬이 필요 없어졌다. 이제 닝구 씨가 밥을 두 그릇 먹으려고 들면 화를 내며 눈치를 줬다.

"아주 살림을 거덜 내려고 작정을 했나……."

그래도 닝구 씨는 무안해할 줄도, 화를 낼 줄도 몰랐다.

닝구 씨를 보니 소설가가 별 게 아니란 생각이 들었다. 그렇다면…….

"할머니 나도 소설가 될까?"

마침 함께 마루에 있던 할머니에게 나는 뜬금없이 질문을 던졌다.

"소설가가 뭐여?"

"닝구 씨가 소설가잖아."

"닝구가 소설가여? 그럼 아무짝에도 쓸데없는 일이구먼."

할머니가 목침을 베고 돌아누웠다. 그딴 소리를 지껄여댈 거면 말도 시키지 말라는 뜻 같았다.

나는 주위를 둘러보았다. 닝구 씨가 이사 온 지 두 주밖에 지나지 않았는데 닝구 씨의 흔적이 여기저기에 남아 있었다. 아무짝에도 쓸 데가 없다는 말은 틀린 말이었다. 닝구 씨는 쓸모가 많은 사람이었다.

닝구 씨가 고쳐준 수도꼭지는 튼튼했다. 전등도 안전하게 달려 있었다. 할머니의 서랍장도 마찬가지였다. 쥐가 아주 사라진 것은 아니지만 마루 밑의 쥐구멍으로는 통과할 수 없었다. 새로 칠한 대문도 반짝거렸다. 벽화는 예술 수준이었다.

집수리는 잘하는데 소설은 못쓰는 소설가도 소설가일까? 나는 도무지 이해가 안 되었다.

4

"아저씨는 왜 소설을 쓰지 않아요? 정말 소설가 맞아요?"

나는 닝구 씨에게 단도직입적으로 물어보았다.

내가 본래 이렇게 잔인한 사람은 아닌데, 닝구 씨는 웬만해서는 자존심에 상처를 입지 않는 것 같았다. 사실 나도 기다릴 만큼 기다렸다. 이제는 대답을 들을 차례였다.

"생각하고 있는 중이거든."

닝구 씨가 쫀드기를 뜯어먹으며 말했다.

쫀드기는 닝구 씨가 조무래기들을 시켜서 문방구에서 사다 먹는 대표적인 불량식품이었다.

"그게 맛있어요?"

"연탄불에 구워 먹으면 더 맛있는데……. 먹어볼래?"

닝구 씨가 주황색으로 물든 쫀드기를 내밀자 나는 뒷걸음질을 쳤다.

"생각은 언제까지 할 건데요?"

"그건 나도 모르겠는걸."

"아저씨 대표작이 뭐예요?"

나는 어젯밤에 언니가 가르쳐준 방법을 썼다.

닝구 씨에 대한 미스터리에 대해 말하자, 언니는 대뜸 이렇게 말했다. 소설가는 무슨 소설가냐? 소설가라고 사기 친 거지. 소설은 뭐 개나 소나 다 쓰냐?

내가 닝구 씨는 사기를 칠 사람은 아니라고 했더니, 그럼 대표작이 뭔지 물어보라고 했다. 대표작을 알려주면 인터넷으로 검색해보면 된다고. 언니의 말을 듣고 보니 그럴듯했다. 내가 왜 그 생각을 못했지?

"대표작? 그런 거 없는데?"

닝구 씨가 아무렇지도 않게 대답했다. 대표작도 없는 주제에 조금도 당황하는 것 같지 않았다.

"대표작이 없다고요?"

"응."

닝구 씨는 계속 쫀드기만 뜯어먹었다.

"대표작이 없는 소설가도 있어요?"

"그럼."

닝구 씨가 너무 뻔뻔하게 말하니까 할 말이 없어졌다.

할 말이 없어서 나는 닝구 씨 옆에 놓인 쫀드기 하나를 집어 들었다. 먹을까 말까 고민하다 한 입 물었다. 생각보다 맛있었다. 씹을수록 달고 고소한 맛이 나는 게 묘한 매력이 있었다.

"그럼 돈은 어떻게 벌어요? 하숙비는 낼 수 있어요?"

"봄에 집 짓는 공사판에서 일을 했거든. 그때 벌어둔 돈으로 사는 거야."

"그 돈이 다 떨어지면 어떻게 해요?"

"돈 벌러 또 가야지."

닝구 씨의 얘기를 듣는 동안 힘이 쏙 빠졌다. 닝구 씨는 내가 기다리던 사람이 아니었다. 내가 태어난 이유에 대해 말해 주기엔 너무 후져 보였다. 자신이 태어난 이유에 대해서도 제대로 알지 못하는 것 같았다.

"아저씨, 불량식품 많이 먹지 마세요. 회충 생겨요."

나는 진심어린 충고를 남기고 자리에서 일어났다.

가슴이 또 한 번 무너져 내렸다. 또 배신을 당한 것이다. 닝구 씨가 나를 일부러 속인 것은 아니니까 미워할 생각은 없었다. 하지만 실망과 슬픔이 밀려오는 것은 어쩔 수 없었다. 나는 다시 외로워졌다. 나를 이해해주고 나를 위로해주고 나의 숙명에 대해 말해줄 사람은 왜 나타나지 않는 것일까.

"거봐, 내가 너무 흥분하지 말랬지?"

더듬이가 잘난 척을 했다. 이럴 때는 그냥 가만히 있어주는 게 도와주는 거라는 것도 모르고.

"그렇다고 너무 슬퍼하진 마. 또 알아? 생각지도 못한 일들이 생길지."

"병 주고 약 주는구나."

나는 조금도 위로받지 못한 채 이불을 머리끝까지 뒤집어썼다.

오른쪽 뇌에 박힌 별

1

특별히 재수가 없는 날이 있다. 오늘이 그런 날이다. 학교에 오니 민지와 효정이가 알콩달콩 신혼부부처럼 꼭 붙어 있었다. 내가 다가가도 본척만척했다.

지난 이틀 동안 민지와 효정이는 싸워서 말도 하지 않았다. 효정이와 싸운 동안 민지는 나에게 특별히 친절하게 굴었다. 나는 누구의 편도 들지 않고 중립을 지키고 싶었지만, 그럴 수가 없었다. 민지가 화장실에 갈 때도 나를 끌고 갔고 매점에 갈 때도 나를 끌고 갔다. 방과 후에는 괜찮다고 하는데도 떡볶이를 사주겠다며 끌고 갔다. 그러고는 효정이 흉을 봤다.

"너도 효정이한테 상처 받은 적 많았지? 걔는 그래놓고는 하

나도 모를 거야. 정말 지 생각만 하는 애라니까. 공주병도 그
정도면 중증이다."

민지 말이 틀린 것은 아니지만 나는 아무 말도 하지 않았다.
뒤에서 흉을 보는 건 너무 비겁하게 느껴졌다. 게다가 엄밀히
말하면 효정이보다도 민지에게 상처를 받은 일이 더 많았다.

"저번에 동아리 활동 시간에 개가 얼마나 웃겼는지 아니?"

나는 고개를 저었다. 무슨 일이 있었는지 궁금했지만, 한편
으로는 들으면 안 될 것 같았다. 그렇다고 말하지 말라고 할 용
기는 없었다. 부끄러운 얘기지만 나는 언제나 민지가 좀 무서
웠다.

"5반에 마준서 있지? 개한테 잘 보이고 싶어서 난리도 아니었
다. 그럼 뭐하니? 마준서가 미쳤다고 효정이 같은 애를 거들떠
나 보겠니? 아무튼 주제 파악을 못하는 건 알아줘야 한다니깐."

마준서는 우리 학교 킹카다. 공부도 잘하고 얼굴도 잘생겨
서 많은 여자애들이 좋아한다. 효정이도 민지도 마찬가지다.
효정이는 대놓고 좋아하고, 그런 효정이를 응원하는 척하지만,
민지도 마준서를 좋아한다는 것을 나는 알고 있다. 더듬이가
있으니까.

나는 민지의 말을 듣는 게 점점 피곤하게 느껴졌다. 게다가
양심에 찔렸다. 효정이를 만나면 굉장히 미안할 것 같았다. 하
지만 민지는 좀처럼 나를 놔주지 않았다.

　　　　　　　　　　　　　내 이름은 스텔라

"민지야, 나 집에 가야 해. 할머니가 찾으실 거야."

나는 조그마한 목소리로 말했다.

민지의 표정이 갑자기 굳었다.

"알았어. 가자. 떡볶이 값은 내가 낼 테니까 어묵 값은 네가 내."

민지가 쌀쌀맞게 말했다.

민지가 다 사주는 걸로 알았던 나는 좀 당황스러웠지만, 순순히 지갑을 꺼냈다.

"그럼, 내일 보자."

헤어질 때 민지의 표정이 차가웠다. 나한테 화가 난 것 같았다.

아마도 어제저녁에 민지와 효정이는 화해를 했을 것이다. 민지는 더 이상 내가 필요하지 않다는 것을 확실하게 보여주고 있었다. 게다가 효정이에게 무슨 말을 한 것인지 효정이도 나에게 토라져 있는 것 같았다. 나는 수업시간 내내 신경이 쓰였다.

혹시 효정이는 내가 민지와 함께 자기 흉을 봤다고 생각하는 걸까? 민지가 효정이 흉을 보는 동안 나는 한 번도 고개를 끄덕이지 않았는데……. 혹시 민지가 거짓말을 한 것은 아닐까? 나는 억울해서 한시라도 빨리 오해를 풀고 싶었지만, 다가갈 수가 없었다. 투명하지만 단단한 벽이 그 아이들과 나 사이에 놓여 있는 것 같았다.

기운이 빠졌다. 학교든 친구든 다 사라져버렸으면 좋겠다. 쉬는 시간 내내 팔을 베고 엎드려 있었다. 수업 시작종이 치자, 뒤에 앉은 애가 톡톡 내 등을 두드렸다. 선생님한테 혼나지 않으려면 일어나라는 뜻이었다. 이 정도의 친절은 베풀 수 있다는 듯이.

"선생님, 애 아파요."

나는 그 애가 좀 더 친절을 베풀어줘서 선생님에게 이런 말을 해줬으면 좋겠다고 생각했다. 그럼 선생님은 이렇게 묻겠지?

"많이 아프니?"

그럼 나는 힘없이 고개를 끄덕일 것이다. 세상에서 가장 기력이 없는, 135세 할머니와 같은 얼굴로.

그럼 선생님은 걱정이 가득한 공손한 얼굴로 이렇게 말할 것이다.

"양호실에 가서 쉴래? 아니면 집으로 가시던지."

하지만 이런 일은 일어나지 않는다. 누구도 그렇게 친절하지는 않다. 특히 나에게는.

"차렷, 경례."

반장의 우렁찬 목소리가 교실을 울리고 수학 선생님은 도무지 세상에 존재할 것 같지 않은 요상한 기호들과 숫자들로 칠판을 채웠다.

나는 햇살이 끊임없이 통과하는 교실 창문을 보며, 얼룩말을 떠올렸다. 햇살처럼 투명한 몸에 하얀 줄무늬와 하얀 꼬리를 갖게 된 얼룩말이 창문을 향해 달려왔다. 나를 데리러 온 것이다. 나는 미소를 지으며 안장도 깔지 않은 말의 등 위로 뛰어오를 준비를 했다.

2

"배가 아파서 아무래도 못 갈 거 같아."

나는 얼굴을 잔뜩 찡그리고 몸을 웅크린 채 배를 문질렀다.

가족들 중 누구도 반응을 보이지 않았다. 다들 모른 척하고 밥만 먹고 있었다.

"너 그 방법 재작년에도 써먹었어."

언니가 차갑게 말했다.

"이번엔 진짜야."

"언젠 가짜라고 말한 적 있니?"

이번에도 언니다. 아유, 얄미워.

"어머니, 매가 하나 있어야겠어요. 거짓말도 자꾸 하면 습관 돼요. 바늘도둑이 소도둑 된다는 말도 있잖아요. 이런 거짓말 그냥 넘어가면 전문 사기꾼 돼요."

오빠가 진지한 말투로 말했다.

"나뭇가지 하나 잘 깎아놓아야겠구먼."

할머니가 재밌다는 듯이 맞장구를 쳤다.

엄마도 낄낄 웃었다. 엄마까지 웃으니까 더 속상했다.

"나 왕따란 말이야. 애들이 또 나를 따돌렸어. 견학 가면 나 혼자 다녀야 한다고. 그게 얼마나 힘든 일인 줄 알아?"

나는 자존심도 내려놓았다. 2박 3일 일정의 경주 견학은 생각만 해도 끔찍했다. 사실 지금은 민지와 효정이가 나를 따돌리고 있지는 않았다. 하지만 2박 3일간 무슨 일이 생길지 몰랐다. 따돌림을 당하거나, 따돌림을 당하지 않으려고 그 애들의 비위를 맞춰주거나, 피곤하긴 마찬가지다. 2박 3일을 꼬박 붙어 있어야 하고 쉴 새 없이 떠드는 소리를 듣고 있어야 하고, 재미도 없는 농담에 웃어주기까지 해야 한다. 안 그러면 나는 정말로 왕따가 될 것이다.

더 끔찍한 것은 한방에서 열 명도 넘는 애들이 함께 잠을 자야 한다는 것이다. 나는 생각만 해도 숨이 막혔다.

"따돌림당할 만한 짓을 했나 보지."

오빠가 비열한 미소를 지으며 말했다. 정말 피도 눈물도 없는 인간이다.

"엄마, 한 번만."

나는 엄마를 바라보며 애원했다. 내 눈동자가 병든 치와와처럼 슬퍼 보이길 바라면서.

"정말 그렇게 힘든 거야?"

엄마가 흔들리기 시작했다. 나는 고개를 끄덕이며 더 서글픈 표정을 지어 보였다.

"안 돼요, 어머니. 단호하셔야 해요. 이렇게 봐주면 애 인간 못 돼요."

오빠가 열을 내며 말했다. 평소에 안 쓰던 존댓말까지 써가면서.

엄마는 최면에 걸리려다 정신을 차린 사람처럼 머리를 흔들더니 단호하게 말했다.

"가! 잔말 말고."

엄마가 마침표를 찍듯 숟가락을 밥상 위에 내려놓았다. 탁, 숟가락이 상에 부딪히는 소리가 매정하게 들렸다.

3

교실에 들어서자, 아이들이 떠드는 소리가 윙윙 울렸다. 매일 맞닥뜨리는 상황인데도 나는 매번 현기증을 느꼈다. 내 몸속에서 영혼이 쑤욱 빠져나가는 것 같았다.

"안녕."

나는 옆자리의 지수에게 인사를 하며 자리에 앉았다.

"안녕."

지수는 짧게 대꾸만 하고 뒤에 앉은 아람이와 정신없이 떠들었다.

내가 끼어드는 것을 별로 좋아하지 않는 것 같아서 나는 가방 속에 넣어두었던 『폭풍의 언덕』을 꺼내 읽기 시작했다.

그런데 내 예민한 청각이 문제였다. 책 내용이 들어오기 전에 아이들의 얘기가 들려왔다. 궁금한 것도 아닌데 자꾸 들렸다. 다음 주에 있을 경주 견학에 대한 이야기였다. 애들은 잔뜩 들떠 있었다.

"너, 뭐 입고 갈 거야?"

"너는?"

"나 이번 주말에 쇼핑하러 갈 건데 같이 갈래?"

"그래, 그래."

"너 버스에서 나랑 앉아야 해."

"당연하지."

낄낄낄낄……. 깔깔깔깔…….

아이들의 마녀 같은 웃음소리를 듣다가 깨달았다. 나는 버스에서 혼자 앉겠구나. 사실 나는 혼자 앉는 게 정말 좋다. 그때만큼은 나 혼자만의 시간을 가질 수 있을 테니까.

하지만 다른 아이들의 생각은 다르다. 버스에서 혼자 앉는다는 것은 버림받는 것을 의미한다. 모두로부터 버림받은 찌질이를 의미한다. 그러니까 우리 반 애들은 나를 찌질이로 볼 것이다. 내 발달된 더듬이는 바보같이 아이들의 이런 시선들을 다 잡아내서 실시간으로 중계해줄 것이다.

나는 『폭풍의 언덕』을 덮고 팔을 베고 책상 위에 엎드렸다. 도무지 책을 읽을 기분이 아니었다. 왜 나를 이 잔인한 지구라는 별에서 구해줄 흑기사는 나타나지 않는 것일까?

방과 후, 민주와 효정이와 함께 편의점에서 아이스크림을 샀다. 편의점 밖에 놓인 플라스틱 의자에 참새처럼 쪼르르 앉아서 아이스크림을 먹었다. 나는 아침에 들었던 지수와 아람이의 대화를 떠올렸다.

"너희 뭐 입고 갈 거야?"

"우리 이번 주말에 쇼핑 갈 건데, 왜?"

민주가 대답했다.

나는 깜짝 놀랐다. 벌써 지네끼리 계획이 있는 줄은 꿈에도 몰랐다. 근데 어쩜 이렇게 당연하다는 듯이 말을 하지? 나는 이미 상처를 받았지만 티를 내고 싶지 않았다.

"너도 같이 가고 싶어?"

민지가 물었다.

"아니, 나는 언니랑 같이 가려고."

나는 자존심을 지키기 위해 억지로 미소를 지었다.

"그럴 줄 알았어."

"뭘? 뭘 알았다는 거야?"

나는 목소리가 떨리지 않길 바라며 물었다.

"거봐, 내가 쟤 안 갈 거라고 했잖아."

민지가 효정이를 보고 말했다.

그래도 물어봤어야지, 라고 더듬이가 속삭였다. 나도 그렇다고 생각했지만, 아무 말도 하지 않았다. 지금 다투게 되면 나는 2박 3일 동안 왕따가 되는 거다.

"버스에서는 어떻게 앉을까?"

이 질문을 하는 데 나는 용기가 필요했다.

"우리 둘이 앉을게. 너는 편하게 혼자 앉아."

이번에도 민지가 말했다.

자존심을 지켜야 하는데 나도 모르게 눈물이 핑 돌았다. 아, 창피해. 눈물을 보이지 않으려고 나는 고개를 떨어뜨렸다.

"농담이야. 애가 너 놀린 거야."

효정이가 낄낄 웃으며 말했다.

"서운했니? 걱정 마, 돌아가면서 앉을 거니까."

민지가 말했다.

민지와 효정이는 뭐가 그렇게 재밌다는 건지 정신없이 웃어댔다. 나는 어떤 표정을 지어야 할지 알 수 없어서 고통스러웠다.

돌아가는 길에 효정이가 알려주었다. 분홍색 티셔츠에 청바지가 첫날 우리가 입을 복장이라고. 분홍색은 내가 제일 싫어

하는 색깔이지만, 알겠다고 고개를 끄덕였다.

아이들과 헤어져서 집으로 가는데 기운이 하나도 없었다. 학교에서 돌아오면 나는 늘 녹초가 되어 있었지만 오늘은 더 힘든 하루였다.

"이제 오니?"

골목 어귀에서 닝구 씨를 만났다. 검정 비닐 봉투를 들고 있었다. 온갖 불량식품이 다 들어 있을 게 뻔했다.

"또 쫀드기 샀어요?"

"응. 새로운 맛이 나왔는데 한 번 먹어볼래?"

"싫어요."

"후회할 텐데."

닝구 씨는 주황색에 갈색 줄무늬가 있는 쫀드기를 뜯어먹기 시작했다.

"불고기 맛이구나."

닝구 씨가 고개를 끄덕이며 중얼거렸다. 불량식품 품평에 어울리지 않는 진지한 태도였다. 저렇게 입맛이 저렴하니까 할머니 음식도 맛있게 먹는 거구나. 나는 오랫동안 궁금했던 질문에 드디어 답을 얻었다.

"진짜 먹어볼 생각 없니?"

"없어요."

"그럼 이거 먹어. 이건 너 주려고 샀어. 문방구에서 사지 않고 제과점에서 산 거야."

닝구 씨가 하트 모양의 분홍색 상자를 내밀었다. 열어보니 색색깔로 포장된 막대 사탕들이 들어 있었다.

"고마워요."

나는 사탕 하나를 꺼내 먹었다. 딸기 맛 사탕이었다, 내가 좋아하는. 당분을 섭취해서인지 기운이 좀 솟았다.

"아저씨, 소원 빌어본 적 있어요?"

"당연하지."

"이루어졌어요?"

닝구 씨가 환하게 웃으며 고개를 끄덕였다. 좋은 기억이 떠오른 모양이었다.

"제 소원도 이루어질 수 있을까요, 간절히 바라면?"

"그럼. 마음을 다해서 간절히 바라면 이루어지지."

"확실해요?"

"응."

"정말 확실하죠?"

"으음."

이번에는 닝구 씨의 대답이 흔들렸다. 좀 자신이 없는 모양이었다.

그래도 나는 간절한 마음으로 밤마다 잠자리에서 기도를 했다.

그러자 정말 기적이 일어났다.

경주 견학을 가기 전날, 나는 독감에 걸려버렸다. 열이 나고 목이 부었다. 내 이마를 짚어본 엄마는 깜짝 놀라 담임에게 전화를 걸어주었다.

나는 견학을 가지 않았다. 2박 3일간 학교에도 가지 않았다. 나는 내 기도를 들어준 신이 좋아졌다. 간절히 원하면 이루어진다고 말해준 닝구 씨도 좋아졌다.

목이 부어서 음식을 삼키기도 힘들었지만, 나는 행복했다. 너무너무 행복했다.

4

아이들이 모두 경주에 가 있는 사이, 나는 이틀 동안 방 안을 뒹굴거리며 놀았다. 하나도 심심하지 않았다. 읽다 만 『폭풍의 언덕』도 다 읽고, TV도 잔뜩 보았다. 할머니 몰래 커피를 타다 놓고 홀짝이며 상상에 빠졌다. 상상 속에서 나는 사랑하는 남자가 불치병에 걸려버린 슬픈 여자가 되었다. 그다음에는 열두 명의 아이를 낳은 엄마가 되었다. 마지막으로 세상의 모든 슬프고 외로운 아이들만 찾아가 서로 잘 맞는 아이들끼리 친구를 맺어주는 천사가 되었다. 아이들의 성격과 취향을 파악

하는 데는 더듬이가 도움이 되었다.

이렇게 매일 학교에 가지 않아도 된다면 얼마나 좋을까? 벽에 걸린 시계의 바늘이 째깍째깍 부지런히 움직였다. 한 번도 쉬지 않고 걸어가는 고독한 방랑자처럼. 2박 3일이 끝나가는 게 너무 아쉬웠다. 시간을 멈출 수만 있다면 고독한 방랑자의 다리를 분질러버릴 수도 있을 것 같았다. 피도 눈물도 없이.

"리틀 레이디~."

닝구 씨가 나를 불렀다.

오늘은 꼭 따끔하게 말해야겠다. 다시는 나를 그런 이상한 호칭으로 부르지 못하도록.

"왜요?"

마루로 나가자, 마당에 닝구 씨가 서 있었다. 웬일인지 난닝구 바람이 아닌, 하얀색 티셔츠에 청바지를 입고 있었다. 머리에는 야구모자를 써서 덥수룩한 곱슬머리가 가려졌다. 등에는 늘 지고 다니는 허름한 회색 배낭을 메고 있었지만, 평소하고는 비교할 수도 없을 만큼 깔끔해 보였다.

"어디 가세요?"

"여행 가려고. 같이 갈래?"

"어디로 가는데요?"

"서울."

"서울에서 서울로 여행 가는 사람도 있어요?"

"서울 투어 버스를 타고 다닐 거야. 타본 적 있니?"

"아니요."

고개를 저으며 대답하는 순간, 나는 그 버스가 굉장히 궁금해졌다.

"그럼 같이 가자."

닝구 씨가 유혹을 하듯 허연 이빨을 드러내고 씩 웃었다. 뭘 입어도 못생긴 얼굴은 변하지 않았다.

나는 잠시 고민에 빠졌다. 가족들이 알면 난리를 칠 것이다. 독감에 걸려서 견학도 못 간 주제에 싸돌아다녔다고. 오빠는 또 인간개조니 뭐니 하면서 말도 안 되는 프로젝트를 시작하려 들 것이다. 하지만 지금 집에는 아무도 없다. 나는 서울 투어 버스가 꼭 타보고 싶다. 그럼 시장에 간 할머니가 돌아오기 전에 빨리 집을 나가야 한다.

"금방 준비할게요."

나는 부리나케 준비했다. 당장이라도 할머니가 돌아올 것 같아서 가슴이 콩닥콩닥 뛰었다. 머리를 감고 세수를 하고 로션에, 언니의 비비크림까지 바르고……. 옷은 뭘 입을까? 옷장을 여니 견학 첫날 입으려고 준비해둔 분홍색 티셔츠가 제일 먼저 눈에 들어왔다. 정말 보기도 싫었다. 나는 분홍색 티셔츠를 둘둘 말아서 던져버렸다. 대신 초록색 티셔츠를 꺼냈다. 내가 제일 좋아하는 색깔이었다. 바지는 하얀색이 좋겠지?

"이제 우리는 진짜 여행을 떠나는 거야. 우리의 여행에 걸맞은 이름이 필요하지 않을까?"

대문을 나서기 전, 닝구 씨가 말했다.

"나를 미카엘이라고 불러주겠어? 여행하는 동안만 말이야."

"미카엘이라고요?"

나는 풋, 웃음을 터뜨렸다. 닝구 씨와 어울리지 않는 예쁜 이름이었다.

"리틀 레이디, 너에게도 새 이름이 필요한데……. 뭐라고 부르면 좋겠어?"

그 순간, 나는 재미있는 사실을 발견했다. 나도 닝구 씨를 한 번도 본명으로 부른 적이 없지만, 닝구 씨도 나를 한 번도 수민이라는 이름으로 불러준 적이 없었다.

"뭐, 꼭 그런 게 필요하다면……. 스텔라라고 부르든지요."

나는 오랫동안 내 가슴속에 묻혀 있던 이름을 꺼냈다. 닝구 씨가 비웃을까 봐 최대한 시크하게.

"스텔라? 별처럼 빛나는 눈을 가진 소녀에게 딱 알맞은 이름이군."

닝구 씨가 감탄한 표정을 지었다.

닝구 씨가 문을 열었다. 초록색 대문을 통과하는 순간, 이상한 기분이 들었다. 현실이 아닌 꿈의 세계로, 우주 속 또 다른 별을 향해 가는 것만 같았다. 그것은 낯설거나 새로운 별이 아

내 이름은 스텔라

니라, 어쩌면 익숙한, 지구보다 더 익숙하고 친근한 별일지도 몰랐다.

서울 투어 버스를 타고 서울 이곳저곳을 달렸다. 평일이라 그런지 승객이 별로 없었다. 2층 맨 앞자리에 앉으니 밖의 풍경이 다르게 보였다. 나는 서울이 아닌 외국의 어느 도시를 여행하는 기분이 들었다. 하늘도 거리도 건물들도 모두 낯설게 보였다. 저 멀리 한강이 신비의 강처럼 고즈넉하게 펼쳐져 있었다.

낯선 장소에서 닝구 씨가 내리자고 했다. 버스정류장 근처에 오래된 식당이 있었다. 간판에는 '원조 왕돈가스'라고 적혀 있었다. 문을 열고 들어가자 주인 할머니가 반갑게 맞아주었다.

닝구 씨와 할머니는 친근하게 인사를 나눴다. 닝구 씨에게 물어보니 어릴 때부터 이곳 돈가스를 먹고 자랐다고 했다. 할머니가 무지막지하게 큰 돈가스를 가져왔다. 달콤하고 새콤하고 고소한 소스도 듬뿍 뿌려져 있었다. 배가 고파서 그런지 굉장히 맛있었다.

식사 후에 우리는 나지막한 산으로 이어지는 비탈길을 걸었다. 비탈길 옆 숲이 아름답게 물들어가고 있었다. 길가에 놓인 벤치에 앉아 숨을 골랐다. 벤치 옆 나무에 오래된 새집이 달려 있었다. 아쉽게도 새집은 비어 있었다.

"넌 참 친절해. 너와 함께 지내는 사람들은 참 행복할 거야."

"글쎄요."

나는 어깨를 으쓱하며 시큰둥하게 대답했다.

"내 말을 못 믿는구나."

나는 또 어깨를 으쓱했다.

"안타깝게도 우리 가족들과 내 친구들은 그렇게 생각하는 것 같지 않은데요."

나는 특별히 감정을 실어서 말하지도 않았다. 무시당하는 것에도 이젠 무감각해져서 별로 슬프지도 않았다.

"난 네가 생각도 깊고 마음도 넓은 것을 알고 있어."

닝구 씨가 윙크를 날리며 말했다.

"다른 사람들 모르게 양보도 하고 배려도 하고 그러잖아."

"정말 그렇게 생각해요?"

"할머니의 집안일도 도와주고, 엄마가 속상해할까 봐 술 마시고 늦게 들어온 언니에게 몰래 문도 열어주고 꿀물도 타다 주잖아. 내가 너희 가족들과 함께 살게 된 것도 네 덕분이고."

"그건 그렇죠."

"게다가 머릿속에는 재미있는 생각들이 얼마나 많은지!"

닝구 씨가 또 윙크를 날렸다.

닝구 씨의 미소를 보자, 갑자기 기분이 이상했다. 무슨 일이지? 오늘 왜 나를 칭찬하지 못해 난리인 거지? 지금 나를 가지고 장난을 치는 건가?

"뭐예요, 지금!"

나는 확 짜증을 냈다.

"왜? 뭐가?"

닝구 씨가 눈을 끔뻑이며 물었다.

"오늘 나를 쫓아다니며 사사건건 칭찬만 하고 있잖아요. 일부러 칭찬할 일을 찾아내려고 애쓰는 사람처럼."

"눈치챘구나. 오늘은 너를 위한 칭찬데이야."

"뭐라고요? 칭찬데이?"

닝구 씨가 활짝 웃으며 고개를 끄덕였다.

"칭찬을 진심으로 해야지, 그렇게 진정성 없게 남발하는 게어디 있어요? 그게 무슨 칭찬이야."

"아닌데. 난 매번 진심으로 했는데."

나는 이미 기분이 상해서 대답도 하지 않았다. 괜히 속은 기분이 들었다. 그런 줄도 모르고 하마터면 위로를 받을 뻔했다.

"정말 진심이야. 게다가 넌 받아야 할 칭찬이 많이 밀려 있는 것 같아서……."

이건 또 무슨 말인가.

"칭찬에 인색한 사람들 속에서 살아가는 건 힘든 일이잖아."

나는 묵묵히 닝구 씨의 말에 대해 생각했다. 고개가 떨어졌다. 내 마음을 들켜버린 것 같아 울컥해졌다.

"그건 사과도 마찬가지지."

이번에도 나는 아무 말도 하지 않았다. 괜히 신발 뒤축으로 땅만 팠다.

"사람들은 칭찬과 사과가 얼마나 중요한지 자꾸 잊어버리나 봐. 돈을 꾸고 갚는 것은 중요하게 생각하면서. 마음에 진 빚은 왜 하찮게 생각하는 걸까? 사실은 그게 더 중요한데……. 그치?"

나도 모르게 한숨이 나왔다. 나는 멀뚱히 눈앞의 풍경만 보고 있었다. 그런데 지나간 일들이 머릿속에서 영화필름처럼 착착착착 돌아갔다. 특별히 밀린 칭찬과 사과를 중심으로 편집이 되어 있었다. 나는 영화를 보며 눈물을 훌쩍거리기 시작했다. 새삼스럽게 깨달았다. 내가 그동안 얼마나 외로웠는지. 그동안 받지 못했던 사과와 칭찬이 떼인 돈처럼 마음속에 차곡차곡 쌓였다. 세상에서 내가 제일 슬프고 억울한 사람같이 느껴졌다.

"하지만 너무 속상해하지는 마. 모든 경험은 다 소중하게 쓰일 수가 있거든. 특히 감정적인 경험은 더 그렇고 말이야."

나는 고개를 들고 닝구 씨를 바라보았다.

"우리 같은 예술가들에게는 더욱 그렇지."

"예술가라고요?"

"잊었어? 우리가 같이 벽화를 완성했던 일."

"에이, 난 또 뭐라고."

나는 또 실망하고 말았다. 참, 닝구 씨는 사람을 끊임없이 기대하게 만들었다가 실망시키는 재주가 있었다. 내 마음을 눈치챘는지, 닝구 씨가 다시 이야기를 꺼냈다. 도망가려는 내 마음을 다시 잡아두려고 애를 쓰듯이.

"내가 요즘 생각하고 있는 이야기가 있는데 한 번 들어볼래?"

"드디어 소설을 쓰는 거예요?"

나는 이번에는 별 기대 없이 물었다.

닝구 씨가 미소를 지으며 고개를 끄덕였다.

"오른쪽 뇌에 별이 박혀 있는 사람들에 관한 얘기란다."

닝구 씨가 비밀을 알려주듯이 속삭였다.

"판타지 소설인가 보군요."

나는 시큰둥하게 말했다.

"나는 말이야, 정말로 별이 박힌 사람들이 있다고 생각해. 보이지 않을 뿐이지."

닝구 씨가 비밀을 누설하듯 진지한 표정으로 속삭였다.

"아…… 네……."

나는 천천히 고개를 끄덕이며 연민 어린 시선으로 닝구 씨를 보았다. 닝구 씨는 정말 어른이 되긴 글러 먹은 사람 같았다.

"지구상에 그런 사람들이 곳곳에 흩어져서 살고 있어. 그들은 조금은 고독하고 외롭게 살아가지. 다른 사람들과 조금 다르기 때문인데, 사실 그 점 때문에 오해도 받고 조롱을 당하기도 하고 심지어 왕따가 되기도 해."

"오른쪽 뇌에 박혔다는 별이 별별 이상한 짓이라도 하는가 보죠?"

"그게 말이야, 레이더처럼 다른 사람들의 마음을 읽어내거든. 말하자면 특별한 재능을 타고난 거야."

듣다 보니 어딘가 익숙한 얘기였다.

"그런 것도 재능이라고 할 수 있을까요?"

"당연하지, 마음이 얼마나 중요한 건데!"

"머리만큼 중요할까요?"

"행복을 느끼는 것은 마음의 일이란다. 보람이나 가치 있는 삶을 추구하는 것도 마음의 일이고. 우리를 움직이게 만드는 것도 마음이야. 그래서 마음이 병들면 아무것도 할 수 없거나 잘못된 행동이 나오게 되는 거지."

닝구 씨가 나의 표정을 살폈다.

나는 고개를 끄덕였다. 듣고 보니 맞는 말이었다.

"진심이 통할 때 진정한 관계도 맺어지는 거잖아. 사실 친구가 꼭 많아야 하는 것도 아니야. 소중한 것은 본래 흔치 않잖니?"

진심이 통하는 친구가 하나도 없다는 것이 서글펐지만, 나는 또 고개를 끄덕였다.

"사람들이 인정해주지 않는다고 가치가 없는 것은 아니야. 게다가 그런 재능 덕분에 그들에겐 태어날 때부터 특별한 사명이 주어졌지."

"사명이라고요?"

"세상을 아름답게 하는 일이지."

"어떻게요?"

"상처받은 사람들의 마음을 위로하고, 외로운 사람들의 친구가 되어주고, 절망에 빠진 사람들이 일어설 수 있게 도와주는 것! 그러니까 작은 변화의 씨앗을 뿌리는 일, 그게 그들의 사명이자 운명이야. 그들의 별이 그들을 필요로 하는 곳으로 이끌고 가거든."

어느새 나는 닝구 씨의 말을 숨죽여 듣고 있었다. 닝구 씨가 정말 미카엘로 보이는 순간이었다.

"그들 중에는 어른도 있고 아이도 있어. 그들 중에는 그 별이 점점 더 찬란하게 빛나게 된 사람들도 있었지만, 안타깝게도 그 별이 빛을 잃어가다가 마침내 소멸해버린 사람도 있는 거야."

"그건 왜 그런 거죠? 누군가는 별이 더 찬란하게 빛나게 되고 누군가는 소멸해버리는 거 말이에요."

"음, 그건 굉장한 용기가 필요한 일이거든. 자신의 별을 지키는 일 말이야."

"용기라고요?"

"자신의 사명을 소중히 여기는 용기. 다른 사람들이 알아주지 못한다고 해도 실망하지 말고 꿋꿋이 자신의 역할을 감당하는 용기 말이야. 무엇보다도 스스로를 받아들이고 사랑해야 하지. 그래야 비로소 자신의 운명을 감당할 수 있게 되는 것이지. 그런 용기가 없으면 별은 소멸해버리고 말 거야."

"별이 소멸해버리면 어떻게 되는 거죠?"

"내가 말했지? 그들에게는 세상을 아름답게 변화시키는 씨앗을 뿌려야 하는 사명이 있다고. 그들이 자신의 사명을 감당하지 않으면 세상은 그만큼 어두워질 거야. 그런데 참, 주인공의 모델로 너를 써도 되겠니?"

"주인공이라고요?"

"응. 너처럼 열네 살의 소녀가 주인공이야. 이름도 스텔라가 좋을 것 같은데, 너만 괜찮다면."

닝구 씨가 진지한 표정으로 물었다. 나를 놀리는 것 같지는 않았다.

"좋아요."

나는 고개를 끄덕였다.

"아, 고마워. 너는 나의 뮤즈야, 스텔라!"

닝구 씨가 나를 스텔라라고 부르는 순간, 심장이 다시 뛰었다.

열한 살, 스텔라라는 이름을 처음 마주했던 순간처럼.

5

집에 들어오자마자 엄마의 폭풍 잔소리가 이어졌다. 감기든 애를 데리고 도대체 어디를 싸돌아다닌 것이냐. 이러다 폐렴에 라도 걸리면 어떻게 할 것이냐. 내일부터는 학교에 가야 하는 데 또다시 아프면 어떻게 하느냐. 엄마는 나를 사랑하는 만큼 어마어마한 분노를 닝구 씨에게 쏟아냈다. 나는 엄마의 목소리를 들으며 다시 지구로 돌아왔다는 것을 실감했다.

오빠도 나를 매섭게 노려보며 비난했다.

"너 견학 가기 싫어서 연극한 거 아냐? 꾀병이었지?"

오빠의 비열한 얼굴을 보며 나는 다시 기억을 더듬었다. 그렇지, 지구에는 저런 인간이 살고 있었지.

"아냐, 진짜 아팠어. 열이 40도까지 올랐던 거 오빠도 알잖아."

"너를 어떻게 믿냐? 무슨 짓을 해서 엄마를 속였을지."

"나는 거짓말하지 않았어. 믿든 안 믿든 그건 오빠 자유겠지만."

나는 단호하게 말했다. 닝구 씨, 아니 미카엘과의 여행을 다녀온 후 오빠가 이전처럼 무섭지 않았다. 그냥 지구인간이라고 생각하니 뭐 지구문어나 지구오징어같이 평범하게 느껴졌다. 오빠도 내가 평소와 다르다고 생각한 것인지, 의아한 표정이었다.

나는 감기가 재발하지 않기를 간절히 바랐다. 닝구 씨가 나 때문에 곤란해질까 봐 걱정되기도 했다. 무지막지한 지구인간들의 공격을 받게 하고 싶지 않았다.

잠자리에 누워, 닝구 씨와의 대화를 다시 되짚어보았다. 닝구 씨의 소설 속 주인공이 되는 것이 영화 주인공으로 캐스팅이 된 것 같은 느낌이었다.

스텔라!

특별한 재능을 가지고 태어나 특별한 사명을 감당해야 하는 소녀!

세상을 더 아름답게 만들어야 하는 소녀!

가슴이 또 뛰었다.

잠으로 빠져들기 직전에, 나는 더듬이에게 조심스럽게 물었다.

혹시…… 너, 더듬이가 아니고, 오른쪽 뇌에 박힌 별이니?

더듬이는 아무 대답도 하지 않았지만, 꼭 대답을 들은 것만 같았다.

그건 나에게 달렸다고! 내가 무엇이라고 부르느냐에 따라 더듬이도 될 수 있고 별도 될 수 있다고!

나는 행복한 마음으로 눈을 감았다. 좋은 꿈을 꿀 것 같았지만, 아무 꿈도 꾸지 못했다. 너무 피곤해서 완전히 곯아떨어졌다.

다음날 아침, 언니는 내가 코를 심하게 고는 바람에 통 잠을 못 잤다며 짜증을 냈다. 푹 자고 일어나서 그런지 기분이 상쾌했다. 목도 아프지 않았다. 닝구 씨를 위해서 밥도 한 그릇 다 먹었다. 내가 평소보다 밥을 잘 먹는 것을 보고 닝구 씨가 환하게 웃었다. 내심 걱정했던 모양이었다. 가족들은 더 이상 닝구 씨를 비난할 수 없었다.

닝구 씨는 다시 겨드랑이가 늘어진 난닝구를 입고 있었다. 미카엘에서 다시 닝구 씨로 완벽하게 돌아온 것이다.

밥을 먹는 동안에도 나는 닝구 씨와 나눈 대화가 떠올랐다. 만약 오른쪽 뇌에 박힌 별에 대해 말하면 어떻게 될까? 나는 엄마의 얼굴을 슬쩍 보았다. 엄마는 미간을 잔뜩 찌푸린 채 국에 만 밥을 떠먹고 있었다. 치킨집 일이 잘 풀리지 않는 모양이었다. 엄마는 내 이야기를 들어줄 여유가 없는 게 분명하다.

오빠와 언니의 얼굴도 힐끔거렸다. 나는 바로 고개를 저었다. 말해봤자 놀림을 받게 될 테니까. 어쩌면 오빠는 당장 엑스레이를 찍으러 가자고 할지도 모른다. 무식하고 잔인한 오빠답게. 언니는 한술 더 떠서 말끝마다 나를 놀리고 비웃을 것이다.

닝구 씨를 아무 쓸데없는 백수 취급을 하는 할머니야 두말할 것도 없다. 닝구 씨가 어린애를 데리고 요상한 말을 했다고 빗자루로 때리려 들지도 모른다.

나는 닝구 씨에게 들은 이야기에 대해 당분간 비밀로 하기로 했다. 어차피 닝구 씨의 소설이 완성되고 책으로 나오게 되면 모든 사람들이 다 알게 될 일이다. 이제 나는 왕따가 되는 두려움과 가족들의 조롱 따위는 감수하기로 했다. 그렇게 마음을 먹고 나니 이상한 용기가 솟아나는 것 같았다.

닝구 씨가 사라졌다

1

"닝구 어딨어! 닝구 나와."

날카로운 여자의 목소리가 문밖에서 쩌렁쩌렁 울렸다.

할머니와 엄마, 나, 그리고 닝구 씨는 마루에 둘러앉아 TV를 보며 저녁을 먹고 있었다. 모처럼 엄마가 가게 문을 일찌감치 닫고 들어온 날이었다. 평화로운 저녁시간이었다. TV에서는 일일연속극이 방영되고 있었다. 요즘 시청률이 최고인 막장 드라마였다. 악녀가 착한 주인공에게 고래고래 소리를 질렀다. 할머니는 드라마 속 인물이 진짜인 양 혀를 차고 욕을 해댔다. 그런데 우리 집 대문 앞에서 그 악녀 못지않게 목소리가 크고 사나운 여자가 소리를 질러댄 것이다.

"도대체 누구야? 우리 집 앞에서 저러는 거 맞지?"

엄마가 물었다.

"민주 엄마 아녀? 저 여편네가 왜 저러냐?"

할머니가 대답했다.

"근데 누구 보러 나오라는 거냐, 지금?"

"닝구 아저씨를 부르는 거 같은데……. 아저씨를 왜 찾죠?"

나는 닝구 씨를 바라보았다.

닝구 씨가 어깨를 으쓱하며 고개를 갸우뚱했다. 자신도 전혀 모른다는 듯이.

"동네 시끄럽다. 어서 가서 문부터 열어라."

할머니가 말하자 엄마가 자리에서 일어났다.

닝구 씨가 일어서려는데 엄마가 손짓으로 말렸다. 내 생각에도 닝구 씨가 나가는 것은 어쩐지 위험해 보였다. 민주 언니 엄마의 목소리가 아무래도 심상치 않았다.

"무슨 일이세요?"

문을 열며 엄마가 물었다.

"닝구 집에 있죠? 닝구 어딨어요?"

엄마의 물음에는 대답도 하지 않고 민주 언니 엄마는 다짜고짜 닝구 씨를 찾았다. 언제 봤다고 닝구, 닝구 하는지, 듣는 닝구 씨의 기분이 더러울 것 같았다.

밥숟가락을 손에 든 채 닝구 씨가 일어났다. 닝구 씨의 얼굴에 당황한 빛이 역력했다. 닝구 씨가 무슨 큰 잘못이라도 한 걸까?

"이 나쁜 놈이 여기 있구먼. 이 엉큼한 놈."

민주 언니 엄마가 닝구 씨에게 불같이 화를 내기 시작했다. 민주 언니 엄마는 계속해서 화를 냈다.

닝구 씨는 처음에는 무슨 말인지 이해조차 못하는 것 같았다. 그건 우리 모두 마찬가지였다. 그런데 민주 언니 엄마의 입에서 자꾸 '변태, 더러운 변태'라는 말이 튀어나왔다. 더 자세히 들어보니 닝구 씨가 민주 언니를 성추행했다는 이야기였다.

"내가 그때 나타났으니 다행이지, 큰일 날 뻔했다니깐요."

우리가 알아들었을 때쯤 닝구 씨도 민주 언니 엄마의 말을 알아들었다. 닝구 씨는 사색이 되어서는 손사래를 쳤다.

"아니에요. 정말 그런 게 아니에요."

닝구 씨는 너무 당황해서 제대로 변명도 하지 못했다. 대신 손만 계속 흔들어댔다.

하지만 민주 언니 엄마는 애초에 닝구 씨의 말을 들을 생각이 없었다. 민주 언니 엄마는 '이 새끼 저 새끼' 하면서 닝구 씨를 마구 팼다.

"그만 좀 해, 이 여편네야."

결국 할머니가 나섰다.

"이 사람 말도 좀 들어봐야 할 거 아냐. 다짜고짜 그렇게 몰아붙이면 어떻게 해!"

할머니가 꽥꽥 소리를 질러가며 말했다. 그렇게 하지 않으면 민주 언니 엄마는 결코 멈출 것 같지 않았다.

"들을 게 뭐 있어요. 성추행범이 나 성추행범이요, 하고 말하는 사람 봤어요?"

민주 언니 엄마가 표독스런 표정으로 쏘아붙였다.

"너 못된 짓 했지, 했지?"

민주 언니 엄마가 쌈닭처럼 또 달려들려고 했다.

이번에는 우리 엄마가 민주 언니 엄마를 붙들었다. 깡마른 아줌마가 힘이 어찌나 센지 우리 엄마가 휘청거렸다.

"안 했어요. 무슨 말인지도 모르겠어요."

그제야 닝구 씨가 입을 열었다.

"저것 봐요. 내 이럴 줄 알았다니깐. 어디 경찰서에 가서도 발뺌하는지 두고 보자."

민주 언니 엄마가 닝구 씨를 또 패려는데, 할머니가 닝구 씨 앞을 가로막고 섰다. 그 순간 할머니가 정말 멋져 보였다. 민주 언니 엄마도 할머니 앞에서는 꼼짝도 못했다.

"민주 언니에게 직접 물어보면 되잖아요."

나는 닝구 씨가 누명을 쓰고 있다는 것을 확신했기 때문에 그렇게 말했다.

아니나 다를까, 닝구 씨의 표정이 다소 밝아졌다.

하지만 민주 언니 엄마는 딱 잘라서 거절했다.

"저런 변태 같은 놈하고 순진한 우리 딸을 한순간도 같이 있게 할 수 없어요. 안 그래도 애가 놀랐을 텐데……."

"일단 오늘은 돌아가게. 우리 밥 먹고 있었던 거 안 보이나?"

할머니가 엄한 목소리로 타일렀다.

민주 언니 엄마는 마루에 차려진 밥상을 힐긋 보더니 그제야 꼬리를 내렸다. 그래도 예의가 아주 없는 사람은 아닌 모양이었다. 한바탕 난리를 피우고 민주 언니 엄마는 돌아갔다.

"재수가 없었다고 생각하고 다음부터는 더 각별히 조심하세요."

엄마가 닝구 씨를 위로했다.

"아이고, 상스럽게 웬 난리람. 여편네가 잘 알아보지도 않고."

할머니가 한숨을 쉬며 말했다.

그날 밤 할머니와 엄마는 구시렁구시렁 소곤소곤 둘이서만 길게 얘기를 나눴다. 비밀 모의를 하는 모양이었다.

"그 여편네 말이 다 맞지는 않아도 아주 없는 말이야 했겠누."

"사실이고 아니고를 떠나서 찝찝해요. 딸이 둘이나 있는데."

"하나는 만날 밤늦게 다니고, 하나는 또 왜 그렇게 닝구를 따르는지. 무슨 수를 써야지."

"맞아요. 예방이 최고예요. 일이 생긴 다음에 후회하면 뭐해요."

민주 언니 엄마 앞에서는 닝구 씨 편을 들었지만 속마음은 다른 게 분명했다. 나는 어쩐지 불안한 기분이 들었다.

엄마와 할머니는 나와 언니를 닝구 씨 근처에도 못 가게 했다. 내가 닝구 씨 방에 들어가려고 하면 무슨 큰일이 난 것처럼 호들갑을 떨며 나를 불렀다. 마루에 앉아 닝구 씨와 얘기를 하고 있으면 꼭 심부름을 시켰다.

언니는 늦게 들어온다고 더 야단을 맞았다. 그러면서 닝구 씨 들으라는 듯이 이런 말을 덧붙였다.

"집이라고 안전하지도 않지만. 무슨 조치를 취하든지 해야지, 이건 뭐 불안해서."

할머니는 닝구 씨가 마루에 앉아 있는 것도 마당을 거니는 것도 싫어했다. 괜히 시비를 걸고 짜증을 냈다. 집도 좁은데 왜 다들 나와 있냐며 모두 방으로 들여보냈다.

할머니는 사소한 일에도 닝구 씨에게 불같이 화를 냈다. 닝구 씨를 쫓아낼 생각이었다. 계약 기간이 아직 끝나지 않은 닝구 씨를 쫓아낼 방법은 스스로 나가게 하는 수밖에 없었다.

2

"웬 개예요?"

학교에서 돌아오니 닝구 씨가 못생긴 개 한 마리를 데리고 놀고 있었다. 누군가 버린 푸들이었다. 개는 병에 걸렸는지 비실비실하고 몸통의 한 부분은 털이 완전히 빠져 있었다.

"어쩜 이렇게 못생긴 개가 다 있을까? 태어나서 본 개들 중에 이렇게 못생긴 개는 처음이야."

나는 개를 이리저리 뜯어보며 예쁜 구석을 찾으려고 애를 쓰다가 결국 포기했다.

"쉿, 얘가 듣겠다."

닝구 씨가 눈을 껌벅이며 말했다.

"듣긴 뭘 들어요. 보아하니 늙어서 귀도 안 들리겠는데."

"뭐라고 부를까? 암컷이니까……. 오드리?"

"뭐라고 불러도 상관없지만 오드리는 너무 안 어울린다."

"얘도 한때는 오드리인 적이 있었을 거야. 그렇지, 오드리?"

그 말은 마치 우리 할머니도 한때는 오드리 햅번인 적이 있었다는 말처럼 비현실적으로 들렸다.

"그동안 얼마나 찝찝했니? 목욕부터 시켜줄게. 너의 아름다움을 다시 회복시켜 보자꾸나."

"아름다움이라는 게 그렇게 쉽게 회복이 되는 걸까요?"

나의 회의적인 태도에도 불구하고 닝구 씨는 열과 성의를 다해 오드리를 돌보기 시작했다. 닝구 씨는 따뜻한 물로 개를 씻기고 정성껏 말려주었다. 빗질을 하고 상처가 난 부위에는 연고를 발라주었다. 부엌에서 스테인리스 그릇을 가져다가 우유를 따라주었다. 목이 말랐던지 오드리는 정신없이 우유를 핥아먹었다. 그때 할머니가 들어왔다.

"어디서 병에 걸린지도 모를 개를 집 안으로 끌어들여!"

할머니는 매서운 눈으로 버럭 소리를 질렀다.

닝구 씨는 기가 죽어서 한마디 대꾸도 하지 못했다.

할머니는 빗자루를 들고 와서는 오드리를 내리치려 했다. 닝구 씨가 오드리를 막고 서자, 할머니는 마당을 쓰는 더러운 빗자루로 닝구 씨를 세 대나 때렸다. 가끔 출현하는 쥐를 잡을 때도 쓰는 빗자루였다. 비위가 약한 나는 그 자리에서 토를 할 뻔했다.

닝구 씨는 할머니와 엄마에게 사정을 했다. 개가 있을 곳을 찾을 때까지만 데리고 있도록 허락해달라는 거였다. 할머니는 무슨 소리냐고 그럴 수 없다고 냉정하게 굴었다. 그럴 때면 할머니의 얼굴은 참 얄미웠다. 늙은 여자도 저렇게 얄미운 표정을 지을 수 있다는 게 이상했다. 할머니들이 자비롭고 마음이 넓다는 얘기는 다 옛말인가 보다.

"그럼 며칠이면 되겠어요?"

엄마가 좀 나았다.

"일주일만 주시면 어떻게든 찾아볼게요."

"일주일은 너무 길어요. 삼 일 안으로 해결하세요."

"삼 일은 좀⋯⋯."

"더 이상은 안돼요."

"알겠습니다. 그럼 삼 일 안으로……."

"좋아요. 그런데 삼 일 후에도 개를 보낼 곳을 찾지 못하면 어떻게 하죠?"

엄마의 입가에 어쩐지 비열해 보이는 웃음이 쓱, 지나갔다.

"그럼, 개랑 같이 이 집을 나가주겠어요?"

엄마의 말을 듣고 닝구 씨도 나도 화들짝 놀랐다.

"그럴 건가요?"

엄마가 재차 물었다.

닝구 씨가 힘없이 고개를 끄덕였다.

나는 닝구 씨가 아침부터 밤까지 돌아다니면서 개를 맡길 곳을 찾아다닐 줄 알았는데 그렇지 않았다. 학교에서 돌아오면 닝구 씨는 개랑 노느라 정신이 없었다. 도대체 뭘 믿고 저러는지……. 나는 닝구 씨처럼 속 편한 사람은 처음 보았다.

반면에 엄마와 할머니는 닝구 씨를 쫓아내고 새 사람을 받을 궁리를 하고 있었다.

"월세는 얼마면 될까?"

"닝구보다 좀 올려보는 게 어떻겠누."

"그러다 아무도 안 들어오면 어떻게 하려구?"

"그럼 그때 가서 깎아주면 되지, 뭐 벌써 벌벌 떠누."

"그럼 얼마나 올릴까?"

둘이 아주 신이 났다. 나는 그 소리가 듣기 싫어서 TV 볼륨을 높였다.

"가시나가, 귓구멍이 막혔나. 왜 TV는 그리 크게 트누."

할머니가 뭐라 하든 말든 나는 볼륨을 낮추지 않았다.

3

때마침 학교에서 성교육을 했다. 남자의 생식기와 여자의 생식기가 그려진 그림을 계속해서 보여주었다. 보건 선생님은 성은 아름다운 것이고 건강한 것이라고 말했다. 하지만 나는 속이 울렁거리고 토할 것만 같았다. 성교육은 초등학교 때도 받아보았었는데 이번엔 좀 달랐다. 더 길고 구체적이었다.

교육을 마친 후 보건 선생님은 남학생들은 모두 나가고 여학생만 남으라고 했다. 그리고는 지금까지와는 정반대의 이야기를 했다.

모든 남자들을 조심해라. 세상에는 별 변태들이 다 있다. 의붓딸은 물론이고 친딸을 성폭행하는 아버지도 있다. 선생님도 믿지 마라. 아버지도 조심해라. 자기 몸은 자기가 지켜야 한다. 동네 아저씨는 말할 것도 없다……. 얼마나 열변을 토했던지 나는 노이로제에 걸릴 것만 같았다.

내 이름은 스텔라

돌아오는 버스 안에서도 정자와 난자가 머릿속을 돌아다녔다. 내 앞에 앉아 있던 남자가 내리자 나는 무심코 그 자리에 앉았다. 남자의 엉덩이 체온이 남아 있어서 뜨뜻했다. 기분이 이상했다. 남자의 바지를 뚫고 나온 정자 하나가 내 교복치마 속으로 기어들어올 것만 같았다. 나는 질겁하고 자리에서 일어났다. 옆에 앉은 아줌마가 이상한 눈으로 힐긋거렸다.

버스에서 내려서 걸어오는데 힘이 하나도 없었다. 성은 아름답고 건강한 게 아니라 추하고 쇠약한 것이었다. 힘없이 터벅터벅 걸어오다가 민주 언니 엄마를 만났다.

"얘, 그 변태 같은 놈 아직도 너희 집에 있니?"

"네? 누구요?"

"왜 닝군지 방군지 하는 놈 있잖니. 갔니?"

"닝구 아저씨요? 그 아저씨가 가긴 어딜 가요!"

나는 새침하게 말했다. 아줌마의 말씨가 아주 괘씸했다.

"너희 할머니랑 엄마도 참 이상한 사람들이다. 어떻게 딸 가진 부모가 그렇게 속 편할 수가 있다니."

아줌마는 혀를 차더니 가던 길을 다시 갔다. 그러다 다시 나를 불러 세웠다.

"얘, 너도 조심해."

나는 아줌마의 뒤통수에 대고 눈을 한 번 흘기고, 길거리에 나뒹구는 깡통을 힘껏 발로 찼다. 아, 진짜 볼수록 기분 나쁜 아줌마다.

집에 돌아와보니 닝구 씨와 오드리밖에 없었다.

"이제 오니?"

닝구 씨가 씩 웃으며 말했다.

"뭐해요?"

"오드리 집 만들고 있어."

"곧 내보내야 할 개한테 무슨 집을 만들어줘요?"

"그래서 더 짠하잖아. 하루를 있더라도 편하게 있으라고."

닝구 씨는 나무판자에 못을 박아서 만든 작은 집에 잘게 자른 종이를 넣어주었다. 그런데 닝구 씨가 자르는 종이를 보니 여자 속옷 광고였다. 브래지어와 팬티만 입은 여자 사진들이 작은 조각들이 되어 흩어졌다. 이건 뭐지?

학교에서 본 정자와 난자의 사진이 다시 머릿속을 스쳐 지나갔다. 아빠도 오빠도 조심하라던 선생님의 말도 생각났다. 동네 아저씨는 말할 것도 없다고 했다. 굳이 분류를 하자면 닝구 씨는 그중 동네 아저씨에 속했다. 그럼 더 위험한 사람이 아닐까? 혹시 민주 언니 엄마의 말이 사실일까? 닝구 씨가 민주 언니를 성추행하려고 했을까? 그런 생각이 떠오르자, 이런. 닝구 씨의 얼굴을 못 보겠다.

"힘들었지? 미숫가루 타줄까?"

나는 고개를 절레절레 흔들었다.

"그럼 이거 먹을래?"

닝구 씨가 주머니에서 뭔가를 꺼냈다. 초등학교 앞 문방구에서 파는 쫀드기다. 조무래기들하고 어울려 놀면서 저런 거나 뜯고 다니는 것도 이상하다.

"그딴 걸 왜 먹어요!"

나는 짜증을 내고는 방으로 들어와버렸다.

"언니가 학교에서 무슨 일이 있었나 보다, 그치? 착한 우리가 이해하자."

닝구 씨가 오드리에게 하는 말소리가 들려왔다. 어쩐지 닝구 씨의 목소리도 징그럽게 느껴졌다. 닝구 씨는 왜 남들처럼 살지 않지? 직장에 나가고 어른들과 어울리며 정상적으로 살지 않지? 왜 애들처럼 굴지? 닝구 씨에겐 정말 변태 성향이 있는 걸까?

"언니야, 산책 가자."

닝구 씨가 나를 부르는 소리였다.

나는 아무 대답도 하지 않았다.

"오드리 언니야, 산책 가자."

눈치 없이 닝구 씨가 졸라댔다.

닝구 씨의 목소리가 이상하게 듣기 싫었다. 징그럽고 느끼하게 느껴졌다.

"싫다니까요."

딸깍, 나는 방문을 잠갔다. 방문을 잠그면서 스스로도 이상하다고 생각했다.

그날 밤 나는 언니에게 슬쩍 물어보았다.

"언니, 닝구 씨를 어떻게 생각해?"

"어떻게 생각하다니, 뭘?"

"민주 언니 엄마가 한 말 말이야. 설마 진짜 그런 일이 있었던 것은 아니겠지? 닝구 씨가 정말 변태인 건 아니겠지?"

"왜? 너한테 뭐 이상한 짓 했어? 그럼 엄마한테 말해야지."

언니가 발딱 일어나며 호들갑을 떨었다.

"아니, 아냐. 아무 일도 없었어."

나는 손사래를 치며 언니를 말렸다.

"난 또. 괜히 놀랐잖아."

나는 오드리 집에 깔려 있는 여자 속옷 광고에 대해 얘기하려다가 그만두었다. 할머니와 엄마가 알면 닝구 씨는 당장 쫓겨날지도 모르니까.

나는 아니라는 것을 알면서도 어쩐지 닝구 씨와 둘이만 있게 되는 게 어색하고 싫었다. 한번 어색하게 느껴지니 점점 더 어색해졌다. 도저히 눈을 마주칠 수가 없었다. 나도 모르게 닝구 씨를 슬금슬금 피했다. 닝구 씨와 마주쳐도 본체만체 지나쳤다.

4

학교에서 돌아와 보니 오드리가 보이지 않았다. 오드리의 빈집만 남아 있었다. 닝구 씨도 보이지 않았다. 나는 안방에 누워 낮잠을 자고 있는 할머니를 흔들어 깨웠다.

"할머니, 개 어디 갔어? 닝구 씨는?"

"왜 깨우고 지랄이여? 삭신이 쑤셔서 눈 좀 붙이려는데."

할머니의 짜증만 되돌아왔다.

"닝구 아저씨."

닝구 아저씨의 방문 앞에서 불러보았지만 아무 대답도 들려오지 않았다. 잠을 자는 걸까? 나는 더 큰 소리로 닝구 씨를 불렀다. 여전히 대답이 없었다. 나는 닝구 씨 방문을 살짝 열어보았다. 닝구 씨는 방 안에도 없었다.

"닝구 아저씨."

화장실 앞에서 나는 닝구 씨를 불러보았다. 아무런 대답이 없었다. 무슨 일이지?

나는 다시 닝구 씨의 방문을 열어보았다. 무언가 달라진 점이 있는지 알아보기 위해서였다. 닝구 씨의 방은 텅 비어 있었다. 본래 닝구 씨의 짐은 커다란 배낭 하나였지만, 그 배낭이 보이지 않았다. 더군다나 평소에는 방바닥에 나뒹굴던 과자 봉지 하나 보이지 않았다.

닝구 씨가 사라졌다 109

불길한 예감이 들었다. 오드리까지 보이지 않는다는 점이
더 이상했다. 나는 불안해져서 온 집 안을 다 휘젓고 다니며 닝
구 씨를 불렀지만 아무런 대답도 들리지 않았다.

오드리를 맡길 곳을 결국 못 찾은 걸까? 그래서 나간 걸까?
엄마랑 할머니가 나가란다고 정말 나간 걸까? 나한테 인사도
하지 않고? 그러고 보니 요즘 닝구 씨가 내게 무언가 말을 하
려고 했던 것도 같다. 자꾸 나와 눈을 맞추려 했는데 내가 피했
다. 나는 대놓고 닝구 씨를 멀리했다. 내가 닝구 씨를 변태 취
급했다고 생각한 걸까? 어쩌면 닝구 씨는 나에게 화가 난 걸
까? 나는 점점 더 불안해졌다.

나는 집 밖으로 뛰쳐나왔다. 닝구 씨가 갈 만한 곳을 찾아가
보았다. 동네 슈퍼에도 닝구 씨는 보이지 않았다. 초등학교 앞
으로 갔다. 닝구 씨는 이상하게 초등학생들과 노는 걸 좋아했
다. 하지만 이번엔 아니었다. 문방구 안에도 없었다. 출입구 앞
에 불량식품들이 진열되어 있었다. 닝구 씨가 좋아하는 쫀드기
도 있었다.

"학생, 쫀드기 사게?"

문방구 아줌마가 물었다.

나는 그냥 나오기도 뭐해서 쫀드기를 세 개 샀다.

계산을 하고 나오면서 쫀드기 하나를 뜯었다. 평소에는 이
런 불량식품 따위는 먹지 않지만, 오늘은 먹고 싶었다. 닝구 씨

가 보고 싶었다. 그동안 너무 못되게 굴었던 게 미안했다.

제발 돌아와줘요.

나는 쫀드기를 씹으며 간절히 빌었다.

이제쯤 집으로 돌아와 있을까 싶어 나는 집으로 달려갔지만 닝구 씨는 보이지 않았다. 나는 마루에 앉아 가슴을 졸였다.

이 모든 것이 민주 언니 때문이다. 민주 언니가 괜히 성추행이니 뭐니 닝구 씨에게 누명을 씌워서 시작된 것이다. 그런 일만 없었다면 우리 엄마랑 할머니가 조용히 잘 살고 있는 닝구 씨를 내쫓을 생각을 했을 리도 없고, 나도 닝구 씨를 변태 취급하지도 않았을 것이다. 괘씸한 민주 언니와 그 모친!

나는 소리 내서 욕을 했다. 욕을 하고 나니 더 화가 났다. 점점 더 화가 나더니 머리끝까지 화가 치솟았다. 나는 다시 집을 나와 민주 언니네로 향했다.

닝구 씨가 우리를 떠났다고 해도 명예는 회복시켜줘야 한다. 닝구 씨를 그런 변태인간으로 사람들의 머릿속에 남아 있게 해서는 절대로 안 된다. 그건 인간의 도리가 아니다.

민주 언니네 집 앞에서 나는 심호흡을 했다. 너무 흥분했다가는 본전도 못 찾을 수 있다. 막상 민주 언니 집 벨을 누르려니 두려운 마음도 생겼다. 민주 언니 엄마가 우리 집에 찾아와서 난리를 쳤던 기억이 다시 떠올랐다. 하지만 이대로 돌아갈 수는 없다. 나는 눈을 질끈 감고 벨을 눌렀다.

"누구세요?"

다행히 민주 언니 목소리였다.

"나야, 수민이."

나는 퉁명스럽게 말했다.

"수민이가 웬일이니?"

언니가 웃으며 맞아주었지만, 나는 웃지 않았다. 전투태세가 흐트러지면 안 되니까.

"집에 언니만 있어?"

"응. 왜?"

"언니네 엄마는?"

"파마하러 갔는데."

나는 내심 안심했다. 아무래도 민주 언니 엄마를 상대하기는 역부족이었다. 민주 언니는 고등학교 1학년이지만, 얼굴만 이뻤지, 아는 것도 별로 없고 체력도 약했다. 말발도 약할 게 분명했다. 이제 내 안에 있는 모든 기를 모아 기선제압을 하면 된다.

"민주 언니, 닝구 씨가 언니 성추행했어?"

"그게 무슨 말이야?"

"언니네 엄마가 우리 집에 찾아와서는 닝구 씨보고 변태라고 했어. 언니 성추행했다고."

"아이씨, 우리 엄마가 또 그랬어? 내가 우리 엄마 때문에 못

산다 못살아."

민주 언니가 난데없이 우는 소리를 했다. 민주 언니는 얼굴이 빨개져서는 화를 내기 시작했다.

"내가 이 집을 나가버려야지, 동네 창피해서 못 살겠어. 고등학교만 졸업하면 당장 호주로 떠나버릴 거야."

나는 민주 언니의 태도에 당황했다.

"호주? 호주는 왜?"

"우리 엄마가 쫓아오지 못하게 멀리 떠나려고."

우리 언니는 멕시코에 가고 싶다고 했는데 민주 언니는 호주에 가고 싶다고 한다. 우리 동네 여자들은 모두 어디론가 떠나려고 한다. 갑자기 나도 어디론가 떠나야 할 것 같은 기분이 들었다.

"저번에는 저기 파란 지붕 집에 사는 대학생이 성추행했다고 난리를 치더니. 정말 쪽팔려서 지나다니지도 못하겠다."

"그게 무슨 말이야?"

"우리 엄마는 내 옆에 있는 남자들은 다 성추행범으로 몰아간다니까."

"그럼 닝구 씨가 성추행한 게 아니야?"

"그 아저씨가 왜 나한테 성추행을 하겠니? 생긴 건 그래도 하는 짓은 멀쩡하던데. 내 옷에 벌레가 붙어서 내가 기겁하는 걸 보고 떼어주려는 걸 엄마가 보고 그 난리를 친 거지."

"그럼 언니가 그렇게 말해줬어야지."

"말하면 뭐 하니, 엄마는 엄마가 생각하고 싶은 대로 생각하는걸. 정말 내가 연예인이라도 되는 줄 알아."

"연예인 엄마라고 다 그렇지도 않을걸."

나는 한숨을 쉬었다. 예쁘다는 것도 쉬운 일은 아니었다. 한때 민주 언니의 운명을 부러워했던 것을 후회했다. 어쨌든 나는 사실을 알게 되어서 기뻤다. 닝구 씨는 아무 잘못이 없는 것이다. 절대로 변태는 아닌 것이다.

나는 이 소식을 할머니와 엄마에게 전해주기 위해 집으로 달려갔다. 어쩌면 닝구 씨가 돌아와 있을지도 모른다. 자신의 누명을 벗겨준 나에게 닝구 씨는 얼마나 감동을 받을 것인가. 그동안 나에게 섭섭했던 마음도 다 털어버릴 것이다. 나는 가슴이 벅차서 힘차게 달려갔다.

하지만 집에는 아무도 없었다. 닝구 씨는 왜 안 오는 걸까? 할머니와 엄마 말대로 오드리를 맡길 곳을 못 정해서 사라진 걸까? 어쩜 사람이 그렇게 융통성이 없을까? 사정이라도 해봐야 하지 않는가.

오드리마저 사라진 텅 빈 집에 혼자 앉아 있으니 외로운 생각도 들었다. 우리 집에서 유일하게 나를 이해해주는 사람은 닝구 씨인데 닝구 씨가 떠난 것이면 어쩌지? 눈물이 나올 것 같았다. 하늘은 조금씩 어두워지고 있었다. 마음이 이상했다.

내 이름은 스텔라

무언가가 가슴속에서 울렁울렁거렸다. 참고 있던 눈물이 뚝, 볼을 타고 흘러내렸다.

그때였다. 컹컹. 개 짖는 소리가 들렸다. 오드리? 아니다. 동네 떠돌이 백구일지도 모른다. 괜히 기대했다가 실망만 커진다. 나는 일부러 못 들은 체했다. 다시 컹컹. 이번에도 나는 마음을 꼭 붙들었다.

휘리리릭. 휘리리릭. 이번에는 휘파람 소리가 들려왔다. 휘리리릭. 컹컹. 휘리리릭. 컹컹. 서로 다른 두 소리가 불협화음처럼 어우러졌다. 내 입가에 웃음이 번지는 것을 막을 수 없었다. 닝구 씨의 휘파람 소리라는 것을 나는 알고 있었기 때문이다.

나는 눈물을 닦고 후다닥 방으로 들어갔다. 닝구 씨에게 울고 있던 모습을 들키고 싶지 않았다. 닝구 씨는 내가 자기 때문에 울었다는 것을 알아챌지도 모른다. 그런 생각만 해도 얼굴이 빨개졌다. 방으로 들어와 숨을 죽이고 문틈으로 닝구 씨의 기척을 살폈다.

"쉿, 조용히 해, 오드리."

닝구 씨가 조심스레 문을 열고 들어오며 속삭였다. 닝구 씨는 오드리까지 데리고 방으로 들어갔다.

그날 밤, 나는 엄마와 할머니에게 민주 언니에게 들은 이야기를 해주었다.

"정신 나간 여편네가 생사람을 잡았구면."

할머니가 혀를 찼다.

"그래도 이참에 하숙생을 갈아요. 조심하는 게 좋잖아요. 이번엔 여대생으로 받아요."

엄마가 말했다. 엄마는 아직도 마음이 놓이지 않는 모양이었다. 나는 엄마에게 쓸데없는 근심을 가져다 준 민주 언니 엄마가 미웠다.

"엄마, 제발. 그럼 닝구 씨가 너무 불쌍하잖아. 날씨도 점점 추워지는데……. 닝구 씨가 좋은 사람인 건 엄마도 잘 알잖아."

나는 엄마가 지쳐서 알겠다고, 그만 가서 자라고 말할 때까지 엄마를 졸랐다.

잠자리에 누워서도 나는 닝구 씨에 대해 생각했다.

닝구 씨는 떠나지 않았다. 온갖 구박 속에서도 꿋꿋이 버텨 준 닝구 씨가 고마웠다.

내일 나는 돌아온 닝구 씨의 방 안에 쫀드기 두 개를 몰래 밀어 넣어줄 것이다.

5

하지만 나는 처음부터 알고 있었다. 닝구 씨가 우리 집에 오래 머물지는 않을 거라는 것을. 마음속에는 그런 예감이 늘 자

내 이름은 스텔라

리 잡고 있었다. 나는 그 예감을 무시하고 싶었지만 그럴 수 없었다. 이번에도 더듬이가 문제였다.

헐렁이 닝구는 어디서도 오래 머물 위인은 못 된다는 할머니의 말을 곧이곧대로 믿어서는 아니다. 그건 할머니가 닝구 씨를 잘 알지 못해서 하는 말이다. 닝구 씨는 결코 할머니가 생각하는 것처럼 헐렁한 사람이 아니다.

닝구 씨가 떠날 거라고 짐작한 이유는 그런 게 아니다. 그건 훨씬 더 복잡하고 어려운 문제다. 그건 이런 것이다.

행운이란 본래 오래 머물지 않는다는 것.

열네 살의 나는 오래전부터 그걸 눈치채고 있었다. 나에게는 더듬이가 있으니까.

행운은 손에 쥐고 있는 동안은 그것이 행운인 줄 모른다는데 나는 알고 있었다. 닝구 씨는 내게 찾아와준 행운이라는 것을. 닝구 씨는 친구가 없었던 내게 유일한 친구였다. 아빠가 떠난 자리를 채워주었다. 내 편이라고는 한 명도 없었던 때에 내 편이 되어주었다. 내가 누군지 아무도 몰라줄 때에 나를 알아봐주었다.

그러니까 닝구 씨는 나를 떠날 수밖에 없었다.

방화범

1

오빠에게 사고가 터졌다. 버스 사고였다.

그날 오빠는 친구들과 함께 필리핀으로 이민을 가는 친구를 배웅하고 돌아오는 길이었다. 버스 안에 안내방송이 울려 퍼졌다.

"승객 여러분의 안전을 위하여 좌석 벨트를 모두 착용하여 주시기 바랍니다."

오빠의 친구들은 물론이고 주위의 승객 중 누구도 안전벨트를 착용하지 않았다고 한다. 같은 안내방송이 또 들려왔지만 누구도 듣고 있는 것 같지 않았다고 한다.

오빠는 괜히 불안해져서 안전벨트를 매고 싶었지만, 좀 부끄러운 기분이 들었다. 왠지 남자답지 못한 것 같았다. 호들갑을 떤다든가, 소심하다는 놀림을 당할까 봐 두려웠던 거다.

"승객 여러분의 안전을 위하여 좌석 벨트를 모두 착용하여 주시기 바랍니다."

세 번째 안내방송이 나왔을 때는 오빠도 다른 모두처럼 무시하기로 작정했다.

그날은 유달리 안개가 심했다. 재수 없는 날이었다. 그날의 안개는 나타났다 사라졌다를 반복했다. 차라리 안개가 계속 깔려 있었다면 차들은 모두 속도를 줄였을 거라고 뉴스 앵커가 말했다.

뉴스 앵커의 말을 들으며 나는 그 장면을 떠올렸다. 안개가 나 잡아보라는 듯, 저만치 달려간다. 차들은 모두 안개를 따라잡기 위해 질주한다. 처음엔 안개도 차들도 심각하게 생각하지 않았을 거다. 설마 백 대가 넘는 차들이 추돌할 거라고는 상상도 하지 못했을 것이다. 어쩌면 안개는 벌벌 떨면서 이렇게 해명을 하고 있을 것이다.

"일부러 그런 것은 아니었어. 진심이야. 재밌어할 줄 알았어. 다 같이 재밌게 놀려고 했던 거야."

오빠가 당한 사고가 TV에서 나오다니, 신기했다. TV에서 보도하는 큰 사고의 한 부분에 오빠가 있었다니, 신기했다. 꿈을 꾸고 있는 것 같았다. 하지만 실제로 일어난 일이었다. 우리 집에 불행이 덮쳐온 것이다.

수많은 차들이 추돌했다. 오빠가 탄 버스도 마찬가지였다. 버스는 앞차와 부딪친 후 미끄러져 나가 가드레일을 들이받았다. 창가에 앉았던 오빠는 차체에 세게 부딪혔다. 오빠의 어딘가에 문제가 생겼다는 것을 오빠는 감지했다고 한다. 어딘가 몹시 아팠지만 그게 어딘지 처음에는 몰랐다고 한다. 병원에 도착한 후에 오빠는 자신의 팔이 부러졌다는 것을 알게 되었다. 그래서 오빠는 오른팔에 깁스를 했다.

"시간이 걸려서 그렇지 뼈는 붙습니다. 다행이죠."

의사가 말했다.

오빠 친구들 모두 안전벨트를 하지 않았는데 오빠만 팔이 부러졌다. 다른 친구들은 모두 그럭저럭 괜찮았다. 오빠는 억울해했다. 친구들을 따라 안전벨트를 매지 않은 것을 후회했다.

병원에 가면 엄마가 눈물을 흘렸고, 집에 돌아오면 할머니의 한숨소리로 땅이 꺼질 것만 같았다.

하지만 TV뉴스에서는 이 사고로 인한 사망자가 두 명이나 되고 65명의 부상자가 나왔다고 했다. 나는 다행이라고 말한 의사의 말이 옳다고 생각했다.

오빠가 가장 화가 난 부분은 왼팔도 아닌 오른팔을 다쳤다는 거였다.

"수능이 두 달도 안 남았단 말이야, 에이 씨발."

오빠는 누구에게 들으란 소린지 알 수 없는 화풀이를 계속해서 해댔다.

우리가 어렸을 때, 오빠는 왼손잡이라 엄마에게 자주 야단을 맞았다. 사실 왼손잡이가 문제가 된다고 생각한 건 엄마가 아니라 친할머니였다. 친할머니가 자꾸 성화를 하니까 엄마는 그 소리가 듣기 싫어서 오빠를 야단쳤다. 오빠가 왼손으로 숟가락을 잡고 글씨를 쓰고 가위질을 할 때마다 엄마는 손등을 찰싹찰싹 아프게 때렸다. 오빠는 간신히 오른손잡이가 되었다.

어쩌면 이런 일이 있으려고 오빠는 왼손잡이로 태어난 걸까? 오빠가 오른손잡이가 되기 위해 쓸데없이 맞아야 했던 매가 너무 슬펐다. 이제 오빠는 다시 왼손을 사용해야 한다. 오빠는 왼손으로 글씨 쓰는 것을 잊지 않았을까? 그래도 태어날 때부터 오른손잡이인 나보다는 덜 불편할 것이다.

사고 후에 오빠는 세상에서 가장 무서운 사람이 되었다. 오빠는 모든 것에 화를 냈다. 예전에는 나에게만 퉁명스러웠는데 이제는 모든 사람에게 퉁명스러웠다. 아무도 오빠에게 말을 걸고 싶어 하지 않았다. 팔이 부러진 것보다, 수능이 다가오는 것보다, 오빠가 화가 난 것이 더 심각한 문제가 되었다.

"다 끝났어. 다 망했다고."

책을 던져버리며 오빠가 소리쳤다.

할머니는 이전보다 자주 기도를 했다.

"아이고, 하나님. 아이고, 하나님."

도무지 넋두리인지 기도인지 알 수 없었다. 그러다 불현듯 화가 치민다는 듯이 이렇게 푸념을 했다.

"도대체 이 영감탱이, 내 기도 듣는 거여?"

하나님을 영감탱이라고 부르다니, 할머니는 벌을 받을지도 모른다.

2

나는 오빠 때문에 진심으로 마음이 아팠다. 오빠를 낳은 엄마 배 속에 나를 넣은 것에 대해 신에게 불평했던 것을 후회했다. 내가 오빠를 너무 미워해서 사고가 난 것만 같았다. 그 사건의 등장인물은 안개, 백 대가 넘는 각종 차들, 그 차들 속의 운전자와 승객들이지만, 배후 인물로 나와 같이 그들을 미워하고 가끔은 저주를 했던 사람들이 있을지도 모른다. 괴로워하는 오빠를 볼 때마다 나는 죄책감을 느꼈다.

오빠를 도울 수 있는 방법이 없을까 생각하다 민주 언니를 떠올렸다. 민주 언니라면 오빠의 기분을 좋게 해줄 수 있을지도 모른다. 예쁜 여자가 오빠를 위해 웃어주고 선물을 준다면 오빠는 힘을 얻을지도 모른다. 스타들도 가끔 병원에 찾아가

내 이름은 스텔라

위문공연도 하고 그러지 않는가.

나는 민주 언니의 집 앞에서 언니를 기다렸다.

"언니, 이제 와?"

"여기서 뭐 해?"

"언니 기다렸어. 언니의 도움이 필요해서."

"내 도움? 그게 뭔데?"

"우리 오빠가 사고 당한 애긴 알지?"

"엄마한테 들었어. 많이 다쳤어?"

"팔이 부러졌는데 시간이 지나면 붙기는 할 거래. 근데 오빠가 많이 우울해. 수능이 얼마 안 남았잖아."

"오빠가 정말 힘들겠구나. 열심히 공부했었다며."

민주 언니가 슬픈 표정으로 말했다. 예쁜 여자가 슬픈 표정을 지으니 더 아름다워 보였다. 민주 언니는 얼굴만 예쁜 게 아니라 마음도 착한 것 같았다. 이런 여자라면 오빠와 결혼해서 우리 가족이 되어도 좋겠다는 생각이 들었다.

"응. 오빠는 일류대학을 가서 엄마를 기쁘게 해주려고 했거든. 나이에 비해 책임감이 강한 편이야."

나는 난생처음으로 다른 사람에게 오빠를 칭찬했다.

민주 언니가 고개를 끄덕였다. 내 칭찬에 감동을 받는 것 같지는 않았다. 오빠에게 관심이 있기보다는 그냥 모든 사람들에게 친절한 사람인 것 같았다.

"내가 도와줄 일은 뭐니?"

"오빠에게 병문안을 좀 와줄 수 있어?"

"내가? 너희 오빠와는 한 번도 말해본 적이 없는데?"

"그래서 부탁하는 거야. 매일 보는 사람이 위로하는 것보다 더 효과적일 수 있잖아."

"그럴까?"

민주 언니가 특유의 맹한 표정으로 고개를 갸웃했다.

"언니, 부탁해."

나는 언니의 손을 덥석 잡았다.

오빠가 부끄러워할까 봐 말은 하지 않았지만, 아마 민주 언니도 내가 왜 그런 부탁을 하는지 알고 있을 것이다. 민주 언니는 이 동네 모든 남자들의 여신이니까.

"알겠어."

역시 민주 언니는 예쁜 여자의 역할을 소홀히 하지 않았다. 나는 민주 언니의 미모가 우리 할머니 나이가 되어도 계속되기를, 마음속으로 축복해주었다.

나는 용돈을 털어서 꽃다발을 샀다.

"언니가 선물하는 걸로 하면 오빠가 감동을 받을 거야."

문 앞에서 민주 언니의 손에 꽃다발을 쥐여주며 말했다.

"오빠, 누가 왔는지 좀 나와봐."

오빠에게선 아무 소리도 들리지 않았다.

　　　　　　　　　　　　　　　내 이름은 스텔라

"오빠, 나오기 전에 거울 한 번 보고 나와. 머리도 좀 빗고."

민주 언니와 나는 마주 보며 킥킥거렸다. 오빠를 놀라게 해 줄 생각에 장난기가 발동했다.

여전히 아무 소리도 들리지 않았다.

"오빠, 그럼 우리가 들어간다. 셋 셀 때까지 안 나오면 우리가 들어갈 줄 알아. 하나, 둘……."

그때 오빠 방의 문이 벌컥 열렸다. 오빠의 얼굴은 벌겋게 달아올라 있었다. 화가 머리끝까지 난 모습이었다. 머리는 마구 헝클어져 있고, 옷은 추레했다. 오른쪽 팔에는 커다란 깁스를 하고……. 오빠의 눈이 민주 언니에게 닿았다. 나는 오빠의 눈빛이 분노에서 당황으로, 다시 분노로 바뀌는 것을 보았다. 오빠의 표정이 정말 무서웠다. 오빠는 문고리를 잡고 있던 성한 왼팔로 문을 쾅 닫아버렸다. 그리고 나오지 않았다.

웃고 있던 민주 언니의 표정도 굳어졌다. 언니가 들고 있던 꽃을 나에게 내밀었다.

"수민아, 나 갈게."

언니의 목소리가 떨렸다. 겁을 먹은 모양이었다.

나는 말없이 고개를 끄덕였다. 나도 머릿속이 하얬다.

"내가 무슨 일을 저지른 거지?"

더듬이에게 물었더니, 더듬이가 한숨만 쉬었다.

"혹시 오빠는 지금까지 참아왔던 화를 한꺼번에 다 폭발해

버리는 것은 아닐까?"

잠자리에서 더듬이가 말을 걸어왔다.

어른스러운 척, 강한 척하던 오빠의 마음속에는 분노와 억울함과 두려움이 지뢰처럼 파묻혀 있었던 것이다. 버스 사고가, 껄렁껄렁한 오빠 친구들이 아닌 신중한 모범생인 오빠의 팔을 부러뜨린 버스 사고가, 그 지뢰를 터뜨려버린 것이다.

오빠도 몰랐을 것이다. 자신이 그렇게 많은 화와 분노를 마음속에 담고 있었다는 것을.

"사람들은 모두 가면을 쓰고 사는가 봐."

나는 더듬이에게 말했다.

"자기 자신도 가면을 쓰고 있다는 것을 몰랐을 뿐이지."

더듬이가 말했다.

나는 고개를 끄덕였다.

오빠가 불쌍했다. 오빠는 가장이라는 이유로 마음껏 울지도 못했을 것이다. 엄마에게 아빠의 자리를 대신 채워주기 위해 나이에 안 맞게 어른 행세를 해야 했던 것이다. 화를 식힐 겨를도 없이 수능을 향해 냅다 달리기만 해야 했던 것이다. 나는 오빠가 세상에서 가장 나약하고 불쌍하게 느껴졌다.

모범생이었던 오빠는 담배를 피우기 시작한 모양이었다. 오빠의 책상 서랍이나 코트 속에서 나는 종종 라이터를 발견했다. 엄마가 알면 질색할 일이지만 나는 눈감아주기로 했다.

　　　　　　　　　　　　　　　　　　　　　　內 이름은 스텔라

3

불이야.

누군가 소리쳤다. 모두가 잠이 든 깊은 밤이었다.

불이야 불이야 불이야…….

누군가의 외침이 메아리처럼 번졌다. 잠결에 나는 창밖에서 들려오는 술렁거림을 들었다.

"언니, 불이 났대."

나는 자고 있는 언니를 흔들어 깨웠다.

뉴스에서 건조한 날씨가 계속 되어서 화재가 염려된다고 말했던 것이 떠올랐다. 그 화재가 우리 동네에서 일어날 줄은 꿈에도 생각하지 못했다.

"이게 무슨 소리냐?"

할머니가 마루로 나오며 말했다.

순식간에 온 가족이 다 마루로 모였다.

"어디서 불이 난 거지?"

닝구 씨가 신발을 신으며 말했다.

할머니도 엄마도 언니도 나도 모두 신발을 꿰신고 닝구 씨의 뒤를 쫓아나갔다.

웬일인지 오빠는 보이지 않았다.

골목에는 애고 어른이고 다 나와 있었다. 사람들은 공포와

홍분으로 제정신이 아닌 것 같았다. 개 짖는 소리와 아기 울음 소리와 사람들의 비명 소리가 어우러져 좁은 골목은 아수라장 이었다.

골목 저쪽에서 불길이 올라오고 있었다.

"박 씨네 집이네."

할머니가 말했다.

할머니가 말한 박 씨는 아저씨라기보다는 할아버지 쪽에 가 까웠다. 박 씨 할아버지는 아내도 자식도 없이 백발의 할머니와 단둘이 살았다. 할머니는 구십 세를 넘긴 꼬부랑 할머니였다.

"할머니가 치매가 심해졌다고 하던데 아무래도 할머니가 불 을 냈는가 봐요."

옆집 아줌마가 말했다.

소방차 사이렌 소리가 울리기 시작했다. 하지만 골목은 너 무 좁아서 소방차가 지나다닐 수도 없었다. 소방관들은 소화기 와 긴 호스로 불을 끄려했지만 좀처럼 불길이 잡히지 않았다. 건조한 날씨가 문제였다. 오히려 불길이 점점 커졌다.

"설마 여기까지 불이 번지지는 않겠죠?"

옆집 아줌마가 불안한 기색으로 말했다.

"박 씨가 집에 없었나 봐요."

누군가 말했다.

"할머니는요?"

　　　　　　　　　　　　　내 이름은 스텔라

"할머니는……."

그 순간 사람들은 모두 얼어붙어버렸다.

"이를 어째, 그럼 할머니 혼자 있단 말이야?"

"큰일이네. 어쩌지?"

사람들이 모두 혀를 차고 걱정을 했다.

"사람이 있어요. 구십 먹은 할머니가 집 안에 있어요."

사람들이 소리를 쳤다.

소방관 아저씨들이 불을 끄느라 정신이 없어서 우리가 보내는 신호를 알아채지 못했다.

그때 누군가 박 씨 할아버지의 집을 향해 달려 들어갔다. 닝구 씨였다. 쏜살같이. 그 동작이 너무 빨라서 나는 내가 잘못 본 건 줄 알았다.

"지금 지나간 게 누구여? 닝구 아니여?"

할머니가 펄쩍 뛰며 말했다.

"뭐라고? 닝구 그놈이 들어갔다고?"

언제 왔는지 민주 언니 엄마가 말했다.

"아니, 이 여편네가 뭘 잘못 먹었나? 누구 보러 이놈 저놈이래?"

할머니가 날카롭게 쏘아붙였다.

민주 언니 엄마는 기가 죽어서는 바로 꼬리를 내렸다.

소방장비들이 더 많이 동원되고 불길도 잡혀갔다. 뒤늦게 소방관이 닝구 씨와 할머니를 구하러 들어갔다. 그런데 닝구 씨가 나오지 않았다. 나는 가슴이 마구 뛰었다. 일 초가 십 분, 아니 한 시간 같았다. 닝구 씨는 왜 안 나오는 거지? 나는 발을 동동 굴렸다.

"왜 안 나오는 거여? 일 당한 거 아니여?"

할머니도 나만큼 애가 타는 모양이었다.

닝구 씨는 불에 타죽었을까? 닝구 씨는 그렇게 나를 떠나는 것일까? 그런 운명인 것일까? 닝구 씨 제발 죽지 마. 나도 모르게 눈물이 마구 흘러내렸다.

그때 소방관 아저씨를 따라 검은 형체가 나타났다. 검댕이를 뒤집어쓴 닝구 씨였다. 닝구 씨의 팔에는 잠이 든 아기처럼 할머니가 안겨 있었다. 담요에 둘둘 말린 채 치매에 걸린 할머니는 아무것도 모르는 아기처럼 새근새근 잠들어 있었다.

"할머니, 할머니……."

동네 사람들이 할머니를 부르자, 할머니가 옅은 신음소리를 냈다. 아직도 잠에서 깨어나고 싶지 않은 표정이었다.

"참 속 편한 노인네가 다 있구먼. 그것도 복일세."

우리 할머니가 혀를 차며 말했다.

백발 할머니의 목숨은 안전한 것 같았다. 할머니는 구급차에 실려 병원으로 보내졌다.

"닝구, 이놈아, 겁도 없이 어딜 뛰어들어 뛰어들긴."

할머니가 닝구 씨 등판을 세 대나 때렸다. 할머니의 목소리가 흔들리고 눈가가 젖어 있었다.

할머니가 때릴 때마다 닝구 씨는 허연 이빨을 드러내며 겸연쩍게 웃었지만 표정은 일그러졌다. 나중에 알게 된 사실이지만 닝구 씨는 화상을 입고 있었다. 화상을 입은 자리를 할머니가 사정없이 때린 것이다.

소방관 아저씨가 닝구 씨도 구급차에 태웠다. 소방관 아저씨는 닝구 씨와 할머니가 살아나온 것은 기적이라고 했다. 구급차에 오르며 닝구 씨는 나를 향해 씽긋 웃었다. 나는 퉁퉁 부은 눈을 들킬까 봐 얼른 시선을 피했다.

4

문제는 이후에 터졌다. 방화범을 보았다는 사람이 뒤늦게 나타났다. 어둠 속에서 희미하게 보았다는 방화범은 키 175센티미터 정도의 젊은 남자였다고 했다. 집집마다 수색하고 다니던 경찰 아저씨가 우리 집에도 찾아왔다. 할머니, 엄마, 오빠 그리고 나는 저녁을 먹고 있었다.

경찰 아저씨는 오빠에게 그날의 알리바이를 캐물었다. 엄마와 할머니는 지금 우리 아이를 의심하는 거냐며 펄펄 뛰었다.

"친구 만났어요."

오빠가 말했다. 오빠는 경찰 아저씨의 시선을 피하는 것 같았다.

"친구 누구? 지금 전화로 확인시켜줄 수 있어?"

오빠가 머뭇거렸다.

"지금 걸어봐."

경찰 아저씨가 날카로운 목소리로 재촉했다.

오빠가 휴대폰을 꺼내 들었다. 번호를 누르려다 말고, 오빠가 성난 목소리로 말했다.

"나는 아니에요. 정말 아니에요."

휴대폰을 들고 있는 오빠의 손이 일으키는 파동을, 나는 느낄 수 있었다. 초점이 흔들리는 눈빛과 갈라지고 깨어진 채 터져 나오는 목소리도.

나는 오빠의 방에서 보았던 라이터를 떠올렸다. 가슴이 철렁 내려앉았다.

"나는 아니라니까요!"

오빠는 극구 부인했지만 경찰 아저씨는 오빠를 의심하고 있었다.

나도 오빠를 의심하고 있었다. 겁이 났다. 오빠가 잡혀갈까 봐, 아니, 오빠의 마음이 더 병들어버릴까 봐 겁이 났다.

나는 시선을 돌려 엄마를 바라보았다. 엄마는 이 상황을 도무지 이해할 수 없다는 표정을 짓고 있었다. 엄마의 얼굴이 점점 일그러졌다. 오빠가 방화범이라는 걸 알게 되면 엄마는 어떻게 될까? 엄마가 느끼게 될 절망을 생각하자, 숨이 막힐 것 같았다.

그때 문이 열리고 닝구 씨가 들어왔다.

어쩌면…… 닝구 씨라면 우리를 구해줄 수 있지 않을까?

"저 사람이에요."

나는 닝구 씨를 가리키며 말했다.

"뭐라고?"

경찰 아저씨가 나에게 물었다.

"저 사람이라고요, 불을 지른 사람이!"

나는 소리를 질렀다.

"저 사람이 불을 지르는 걸 나도 봤어요!"

나는 고래고래 소리를 질렀다.

"우리 오빠가 아니라 저 사람이에요!"

나는 울면서 소리를 질렀다.

나는 닝구 아저씨의 표정이 변하는 것을 보았다. 닝구 아저씨는 처음에는 놀랐다가 무언가 생각하는 듯하다가, 고개를 끄덕였다.

"당신이 그랬나요?"

경찰 아저씨가 물었다.

닝구 아저씨는 아무 대답도 하지 않았다.

"같이 좀 가야겠군요."

경찰 아저씨가 닝구 아저씨의 팔을 붙들었다. 닝구 아저씨는 순순히 경찰 아저씨를 따라가다가 뒤를 돌아서 나를 보았다. 닝구 아저씨가 나를 보며 미소를 지었다. 괜찮아, 괜찮아, 그렇게 말하는 것 같았다.

하지만 괜찮지 않았다. 나는 방으로 뛰어 들어가 문을 잠그고는, 엉엉 울었다. 엄마가 문을 열라고 계속 소리쳤지만, 나는 꿈쩍도 하지 않았다.

5

그날 이후로 나는 닝구 씨를 보지 못했다.

나는 할머니를 통해서 닝구 씨의 소식을 들었다. 경찰서에 잡혀간 닝구 씨는 다음날 바로 풀려날 수 있었다. 닝구 씨는 방화를 부인하지도 시인하지도 않았다고 했다. 그저 묵묵히 앉아 있었다고 했다. 이 소식을 들은 백발 할머니의 아들 박 씨 할아버지가 경찰서로 찾아와 닝구 씨를 풀어달라고 오히려 사정했다고 했다.

학교에서 돌아와보니 닝구 씨의 방이 비어 있었다. 닝구 씨

내 이름은 스텔라

의 회색 배낭도, 낡은 모자도, 쫀드기도 보이지 않았다.

"닝구 이제 안 온다. 네 엄마가 나가 달라고 부탁했다."

할머니가 한숨을 쉬며 말했다.

"네 엄마가 이번에는 절대로 안 된다고 해서 나도 어쩔 수가 없었다."

엄마는 닝구 씨를 정말 방화범으로 의심한 걸까? 나는 지금이라도 거짓말을 털어놓아야 하는 걸까? 하지만 나는 그러지 못했다. 오빠가 저지른 일이냐고, 오빠에게 묻지도 못했다.

오랜 시간이 지난 후에 오빠가 먼저 그 얘기를 꺼냈다.

"왜 그런 거짓말을 했어?"

"닝구 씨라면 용서해줄 것 같았어."

오빠가 느리게 고개를 끄덕였다.

"박 씨 할아버지 집에 불을 지른 게 오빠였어?"

오빠는 잠시 아무 말도 하지 않더니, 무겁게 입을 열었다.

"그때 나는 화풀이할 대상이 필요했어. 근데 라이터가 눈에 들어오는 거야. 그리고는 불을 지르고 싶은 욕구가 솟구쳤지. 하지만 그 집을 태울 생각은 추호도 없었어. 그냥 공터의 낙엽이나 태우고 집 밖에 붙어 있는 쓰레기통이나 태울 생각이었어."

"그 후에도 불을 지른 적이 있어?"

"내가 미쳤냐?"

오빠가 진저리를 치며 말했다.

6

닝구 씨와 연락할 방법이 없었다.

닝구 씨에게는 휴대폰이 없었다. 나는 닝구 씨가 전화를 걸어주길 바랐다. 하지만 전화벨은 울리지 않았다. 학교에서 돌아오면 나는 언제나 닝구 씨의 방문부터 열어보았다. 닝구 씨의 방은 늘 텅 비어 있었다.

그래도 나는 닝구 씨를 기다렸다. 할 일 없이 대문 밖을 서성거렸고 한밤중에도 창문을 몇 번씩 열어보았다. 하지만 닝구 씨는 돌아오지 않았다.

나는 닝구 씨를 대신해서 오드리를 씻기고 산책도 시켜주었다. 할머니는 오드리의 밥을 챙겨주었다. 어쩐지 오드리도 힘이 없어 보였다.

닝구 씨를 못 본 지 보름이 지난 후에야 나는 닝구 씨가 돌아오지 않을 거라는 걸 깨달았다.

맞아, 닝구 씨와 함께 간 원조 왕돈가스집이 있었지?

그곳에 가면 닝구 씨의 소식을 들을 수 있을지도 몰라. 어떻게 지금까지 그 생각을 하지 못했을까?

내 이름은 스텔라

나는 살금살금 빠져나와 버스정류장으로 갔다. 날씨가 갑자기 차가워졌다. 외투를 입었는데도 몸이 오돌오돌 떨렸다. 감기에 걸릴 것 같은 불길한 예감이 들었다.

　한참이 지났는데도 서울 투어 버스가 오지 않았다. 정류장에 서 있던 사람들은 모두 자신의 버스를 타고 떠났고, 새로운 사람들이 왔다. 새로운 사람들도 버스를 타고 떠나고 또 다른 새로운 사람들이 왔다. 그런데도 서울 투어 버스는 오지 않았다. 비가 오거나 첫눈이 올 것처럼 습하고 어두웠다. 지난주부터 다니기 시작한 학원의 셔틀버스 시간이 다가오고 있었다. 그런데 왜 서울 투어 버스는 오지 않는 걸까.

　"아줌마, 서울 투어 버스 아직 안 온 거 맞죠?"

　내가 혹시 딴생각에 빠져 놓쳤을까 봐 옆에 있는 아줌마에게 물었다.

　"글쎄 나도 못 본 거 같은데……."

　아줌마가 건성으로 대답했다.

　"저기……."

　옆에 있던 내 또래의 남자애가 나를 부르는 거 같았다.

　"네?"

　"여기……."

　나는 남자애가 가리키는 지점을 힐긋 보았다. 거기 그토록 기다렸던 서울 투어 버스로부터의 메시지가 적혀 있었다.

버스 노선이 바뀐 관계로 더 이상 이 정류장에서는 정차하지 않습니다.

그 순간 다리에 힘이 쭉 빠졌다.

나는 이제 닝구 씨에게 가는 길을 잃어버렸다.

닝구 씨는, 정말로, 떠나버렸다, 나에게서.

마음이 먹먹했다. 울고 싶었다. 아빠가 집을 나갔을 때보다
더 슬펐다. 나는 비틀거리며 벤치에 털썩 주저앉았다. 오한이
점점 더 심해졌다. 머리도 아팠다. 나는 벤치에 웅크리고 앉아
있다가 엄마에게 전화를 걸었다.

"여보세요?"

엄마의 목소리가 들렸다. 수화기 너머로 손님들이 떠드는
소리와 시끄러운 노랫소리도 들려왔다.

"엄마, 나 아파."

나는 조그마한 목소리로 말했다. 기운이 없어서 목소리가
크게 나오지 않았다. 엄마는 듣지 못했는지 대답이 없었다.

"엄마, 나 수민인데, 몸이 이상해."

"시끄러. 잔말 말고 빨리 학원에 가!"

엄마가 버럭 소리를 지르더니 전화를 뚝 끊어버렸다.

7

그리고 며칠 뒤, 나는 닝구 씨로부터 소포를 받았다.

초록색 표지의 노트 한 권이었다. 표지 중앙 아래쪽에는 '스텔라 지음'이라는 글씨가 새겨져 있었다. 그리고 작은 메모 하나!

눈치챘니?

나는 소설가가 되기는 힘들 것 같아.

이 이야기를 나를 대신해서 완성해주지 않겠니?

잊지 않았지?

이 이야기는 오른쪽 뇌에 별이 박힌 소녀에 대한 이야기라는 걸.

주인공의 이름은 스텔라!

언젠가 세상의 어느 한 부분이 더 밝아진다면, 나는 생각할 거야.

내가 만났던 스텔라라는 아이의 별이 드디어 빛을 발하기 시작했군.

닝구 씨가 떠난 후

1

나는 또 할머니를 따라 새벽예배에 갔다. 어느새 겨울이 다가와서 날씨가 굉장히 추웠다.

"또 잠만 잘 거면 집에서 제대로 자지 뭐 할라고 쫓아오누."

할머니가 옆에서 구시렁거렸다. 말은 그렇게 해도 비실비실 웃는 게 기분이 좋은 모양이었다. 엄마는 물론 할머니가 사랑하는 오빠까지도 할머니의 신앙을 물려받지 않은 마당에 내가 어둠을 헤치고 새벽예배를 따라간다고 하니, 감동할 만도 하다. 나는 목도리를 풀어서 할머니에게 둘러주었다.

"감기 들고 나서 누굴 원망할라고."

할머니는 손사래를 쳤지만, 나는 목도리를 더 단단히 매주

내 이름은 스텔라

었다.

차가운 바람이 찰싹찰싹 얼굴을 때렸지만, 기분이 상쾌했다. 감기에 든다고 해도 상관없었다. 나는 아무도 없는 캄캄한 거리를 할머니와 단둘이 걷는 게 재밌었다. 그러고 보면 할머니와 나는 꽤 친해진 것 같다.

이상하게 오늘은 잠이 오지 않았다. 그래서 나는 목사님의 설교를 처음으로 들었다.

"그는 주 앞에서 자라나기를 연한 순 같고 마른 땅에서 나온 뿌리 같아서 고운 모양도 없고 풍채도 없은즉 우리가 보기에 흠모할 만한 아름다운 것이 없도다."

목사님이 예수님에 대해서 얘기를 했다. 이제 곧 크리스마스가 다가오기 때문이었다. 설교 말씀을 듣는 동안 나는 닝구 씨를 떠올렸다. 닝구 씨도 예수님처럼 풍채가 없었으니까.

닝구 씨를 처음 만났을 때는 초여름이었다. 닝구 씨는 내 옆에서 다섯 달 동안 살다가 어딘가로 사라졌다. 닝구 씨는 어디로 갔을까?

닝구 씨가 쓰던 방은 다시 빈방으로 남아 있었다. 닝구 씨가 머문 동안 할머니는 늘 '닝구 아니면 그 방 들어올 사람 없을까 봐?' 하며 자신만만했지만, 그건 착각이었다. 비좁고 곰팡내도 풀풀 나는 방에 들어올 사람은 구하기 쉽지 않았다. 닝구 씨가 들어오기 전에 도배한 보람도 없이 곰팡이들이 다시 벽지를 점

령해가고 있었다. 결국, 할머니는 봄이 되면 다시 도배해야겠다고 말했다. 그런 말을 하는 할머니의 눈빛이 쓸쓸해 보였다.

그런데 닝구 씨는 어디로 갔을까?

나는 눈발이 날리는 거리를 코트 자락을 펄럭이며 걸어가는 닝구 씨의 모습을 그려보았다. 멀리서 보면 꽤 멋있을 것 같았다. 가까이 다가오는 순간 화산구멍처럼 푹푹 팬 여드름 자국이 눈에 들어오겠지만. 퀭한 눈과 푹 꺼진 볼 때문에 빈티가 줄줄 흐르겠지만. 말을 하는 순간 혀가 짧다는 것이 바로 드러나겠지만.

닝구 씨는 터벅터벅 걸어서 다가가고 있을 것이다. 누군가에게. 위로가 필요한 누군가에게. 친구가 필요한 누군가에게.

지금쯤 닝구 씨는 어떤 아이 옆에 쭈그리고 앉아 묻고 있을지도 모른다.

"너희 집에 빈방 있니?"

닝구 씨를 만나고 난 후, 나는 알게 되었다.

'특별한'이란 말은 '특별히 중요한'이란 뜻과 함께 '특별히 고마운'이란 뜻이 있다는 것을. 닝구 씨는 나에게 아주 특별한 사람이었다.

하지만 닝구 씨는 다른 사람들의 눈에는 평범하다 못해 모자란 사람이었다. 그래서 나는 '특별한'의 의미에서 '특별한 대우를 받는'을 빼버렸다.

2

닝구 씨가 떠난 뒤에 나에게는 이상한 현상이 나타났다. 나의 눈에 유독 외롭고 힘든 사람들이 보이기 시작했다.

나는 백발 할머니를 떠올렸다. 닝구 씨가 화염 속에서 구해낸 할머니 말이다. 그 할머니는 어떻게 살고 있을지 궁금해졌다. 그 할머니는 닝구 씨를 기억할까?

"치매가 더 심해져서 아들인 박 씨한테도 영감, 영감 한다던데 무슨 수로 닝구를 기억하겠누."

할머니는 고개를 절레절레 흔들었다.

그래도 나는 직접 확인해보기 위해 백발 할머니를 찾아갔다. 백발 할머니의 집은 아직도 복구가 덜 된 상태였다. 이곳저곳에 불에 타 손상되거나 검게 그을린 화재의 흔적이 남아 있었다. 공기중에도 매캐한 냄새가 떠돌아다녔다. 불에 탄 부엌과 안방은 사용할 수도 없었다. 구청 복지과에서 나와서 할머니를 복지센터로 옮기려 했으나 할머니가 이 집을 떠나려 하지 않았다고 했다.

내가 찾아갔을 때 할머니는 국에 밥을 말아먹고 있었다. 밥

도 국도 식어서 국물에 응고된 기름덩어리가 노랗게 둥둥 떠
있었다. 박 씨 할아버지가 절대로 불을 사용하지 못하게 했다
고 했다. 복지과에서 가져다준 반찬들은 오래된 것인지, 보관
을 잘못해서인지 모두 수분이 날아가 말라 있었다.

　나는 집으로 달려가 따뜻한 국과 반찬을 싸가지고 왔다. 백
발 할머니가 먹고 있던 밥과 국을 치워버리고 새로 밥상을 차
려주었다. 할머니는 순한 어린양같이 내가 하는 대로 내버려두
었다.

　"할머니, 이게 더 맛있죠?"

　"잉잉."

　할머니는 대답도 순한 양처럼 했다. 양의 목소리를 들어본
적은 없었지만, 아마도 그럴 것 같았다.

　"할머니, 만날 이렇게 혼자 식사하세요?"

　"잉잉."

　"혼자 있으면 심심하지 않아요?"

　"잉잉."

　"할머니, 저번에 불났던 거 기억나세요?"

　"잉잉."

　"그때 할머니를 구해준 사람 생각나세요?"

　갑자기 할머니가 밥을 먹던 숟가락을 내려놓았다. 그러더니
고개를 들고 활짝 웃었다.

"잉잉, 우리 아부지."

그 순간 나는 닝구 씨의 품에 안겨 구출되던 백발 할머니의 모습이 떠올랐다. 할머니는 닝구 씨를 자신의 아버지라고 생각했던 것이다. 그래서 그렇게 아기처럼 새근새근 잠을 잘 수 있었던 것이다. 그 불길 속에서도.

"할머니, 그 사람을 다시 만난 적 있어요?"

할머니는 대답은 하지 않고 웃고 있기만 했다.

나는 그 후로도 여러 번 백발 할머니에게 따뜻한 국과 반찬을 가져다주었다. 언젠가부터는 나 대신 외할머니가 백발 할머니를 챙기기 시작했다. 외할머니는 밥과 반찬만 챙겨주는 게 아니라 청소도 해주고 빨래도 해주고 말벗도 해주었다.

알고 보니 박 씨 할아버지도 불쌍했다. 할아버지는 술 때문에 아내가 도망을 갔는데도 술에서 빠져나오질 못했다. 사람들은 모두 박 씨 할아버지를 욕하고 한심하게 생각했다. 박 씨 할아버지의 옆에는 구십 넘은 할머니 외에는 아무도 없었다. 나는 박 씨 할아버지가 세상에서 가장 외로운 사람처럼 느껴졌다. 겉보기엔 백발 할머니가 아들 박 씨 할아버지에게 의지해서 사는 것 같아도, 사실 박 씨 할아버지가 백발 할머니를 더 의지하고 사는지도 몰랐다.

"엄마, 치킨 한 마리만 포장해줄래?"

나는 엄마의 가게로 찾아가 부탁했다.

"왜? 치킨 먹고 싶어?"

나는 대답 대신 고개를 끄덕였다.

엄마는 나를 위해 평소보다 더 정성을 들여서 닭을 튀겼다. 엄마가 닭을 튀기는 동안 나는 냉장고에서 몰래 캔맥주를 하나 꺼내 가방 속에 숨겼다.

"따뜻할 때 빨리 가서 먹어. 네가 좋아하는 소스랑 무도 하나씩 더 넣었어."

"고마워, 엄마. 이렇게 착하니까 엄마는 복을 많이 받을 거야. 치킨집도 점점 더 잘 될 거고."

나는 진심을 담아 축복을 빌어주었다.

엄마는 내가 또 헛소리를 한다고 생각했는지 눈을 흘기며 웃었다.

나는 치킨과 맥주를 가지고 백발 할머니의 집을 찾아갔다. 백발 할머니는 구청에서 구해다 준 중고 텔레비전으로 드라마를 보고 있었다. 드라마를 보는 할머니의 얼굴에는 아무 표정이 없었다.

"할머니, 무슨 내용인지 알겠어요?"

"잉잉."

백발 할머니는 또 순한 양처럼 대답을 하고는 표정도 없이 드라마만 봤다.

나는 박 씨 할아버지가 쓴다는 방에 치킨과 맥주를 들여놓았다. 퀴퀴한 냄새가 심해서 방 안에 들어갈 엄두는 나지 않았다. 밤늦게 들어온 박 씨 할아버지가 치킨과 맥주를 보고 깜짝 놀랄 생각을 하니, 너무너무 신이 났다.

알고 보면 불쌍하고 외로운 사람들이 주위에 많이 있었다. 나는 왕따와 왕따가 아닌 경계선에 있었지만, 옆 반에는 정말 왕따를 당하는 아이가 있었다. 그리고 그 왕따인 애가 불쌍하다는 것을 알면서도 자신도 왕따가 될까 봐 위로 한마디 못 건네는 아이들이 있었다. 그 아이들 중에는 자신이 잘못하고 있다는 것을 알기 때문에 양심이 찔리는 아이들도 분명히 있을 것이다.

알고 보면 민지도 불쌍했다. 민지는 늘 효정이에 대한 열등감에 시달렸다. 효정이를 좋아하고 부러워하면서 동시에 효정이가 망하길 바랐다. 자신의 가장 친한 친구에 대해 두 가지 마음을 갖는다는 것은 힘든 일일 것 같았다.

집에 돌아오면 관절염에 시달리는 할머니와 오드리가 있었다. 비가 오거나 흐린 날에는 삭신이 쑤셔서 할머니와 오드리 모두 끙끙거리며 잠을 설쳤다.

"아빠는? 아빠는 불쌍하고 외롭지 않을까?"

뜬금없이 더듬이가 아빠 얘기를 꺼냈다.

"새로운 가족과 행복하게 살고 있을 아빠가 왜 외로워?"

말은 그렇게 했지만, 아빠도 행복하지만은 않을 것 같았다.

우리 가족 모두의 비난과 미움을 받아야 했으니깐.

그 후로 아빠의 생각이 떠나질 않았다. 엄마를 보면서도 오빠를 보면서도 언니를 보면서도 아빠가 떠올랐다.

모든 사람들의 적으로 산다는 것은 힘든 일이란 생각이 들었다. 그 모든 비난과 미움 속에서 산다는 것은 외로운 일일 것 같았다. 아빠만 우리를 버린 게 아니라 우리도 아빠를 버린 것이다. 아마도 아빠는 외로웠을 것이다. 새로운 가족 속에서도.

결국 나는 아빠에게 전화를 걸었다. 오빠는 내 휴대폰에서 아빠의 번호를 지워버렸지만, 내 머릿속에서 지울 수는 없었다.

3

"많이 컸구나, 우리 막내딸. 잘 지냈지?"

나에게 안부를 묻는 아빠의 목소리가 흔들렸다.

나는 빨대로 오렌지주스를 쪽 빨아들이며 고개를 끄덕였다.

"아빠는 왜 그렇게 늙었어요?"

내 말에 아빠가 웃었다.

아빠를 화나게 하거나 웃게 하기 위해서 없는 말을 한 것은 아니었다. 아빠는 정말 늙어 보였다. 흰 머리가 셀 수 없이 많았다. 엄마와 아빠는 동갑이어서 이전에는 아빠가 더 젊어 보이기도 했었는데, 이제는 엄마보다 아빠가 훨씬 더 늙어 보였다.

"치즈 케이크 한 조각 더 먹을래?"

아빠가 쩔쩔매며 말했다. 굉장히 잘 보이고 싶은 모양이었다.

나는 고개를 저었다. 내 앞에 놓인 것도 채 반도 먹지 않았다.

아빠는 내가 반가우면서도 두려운 것 같았다. 우리를 버리
고 갔어도 아빠는 아빠인가 보다.

"할머니 안녕하시지? 다들 건강하고?"

아빠가 형식적인 질문을 했다.

나는 고개를 끄덕였다.

"오빠는 수능을 망쳤어요. 오른쪽 팔이 부러졌거든요. 깁스
는 풀었지만 시험은 망쳤어요."

"그런 일이 있었구나. 다 못난 아빠 때문이다."

아빠의 표정이 슬퍼 보였다.

"아빠 때문은 아니에요. 안전벨트를 매지 않았기 때문이고
안개가 심했기 때문이에요."

아빠는 내 말이 고마운지 희미한 미소를 지었다.

"오빠는 공부를 꽤 잘했었어요. 사고가 나기 전까지는요. 그
건 아빠 때문이에요."

"나 때문에 공부를 잘했다고?"

나는 고개를 끄덕였다.

"아빠한테 복수하려고요."

내 말을 듣고 아빠의 표정은 복잡해졌다. 웃어야 할지 울어야 할지 모르는 사람처럼.

"언니는 멕시코에 갈 거래요."

"멕시코에?"

"네."

"거긴 왜?"

"거기가 여기서 제일 멀어서 그렇대요. 언니는 외할머니의 집이 후지다고 빨리 도망치고 싶대요."

아빠의 표정이 우울해졌다. 내가 언니에게서 처음 그 얘기를 들었을 때처럼 아빠도 착잡한 모양이었다. 나는 좀 신이 났다. 아무래도 나는 좀 잔인한 면이 있는 아이인가 보다.

"아주 어려운 일은 아니죠. 멕시코 남자와 결혼을 하면 되니까요."

아빠는 고개를 숙이고 커피를 마셨다. 나도 치즈 케이크를 먹었다.

"엄마는? 엄마는 잘 지내니?"

"엄마는 잘 지내요. 이제 가게도 잘 되고요."

"다행이구나."

"아빠의 아기는 잘 크고 있나요? 여자애인가요, 남자애인가요?"

"여자애야."

"이름이 뭐예요?"

"수진이야."

"예쁜 이름이네요."

그렇게 말해주었지만, 속으론 지독히도 평범한 이름이라고 생각했다.

"이제 아빠를 미워하지 않을 거예요. 그 말을 하려고 만나자고 했어요."

"그럼 가끔 아빠를 만나줄래? 수진이도 함께? 수진이에게 언니가 있다는 것을 알려주고 싶어."

참, 우리 아빠지만 뻔뻔하다. 겨우 용서하겠다고 말했을 뿐인데 언니 노릇까지 하란다.

아빠와 나는 이탈리안 레스토랑에서 식사를 하고 헤어졌다. 아주 오랜만에 가보는 고급 음식점이었다. 헤어지면서 아빠는 내게 봉투 세 개를 내밀었다. 언니와 오빠와 나의 용돈이라고 했다. 오빠가 화를 낼까 봐 좀 망설여졌지만, 세 개 다 받았다. 아빠를 더 힘들게 하고 싶지 않았다. 엄마도 잘했다고 말해줄 것 같았다.

나는 또 알게 되었다, 특별하다는 것은 관계 속에서 만들어진다는 것을. 내가 상대방에게 어떤 사람이 될 것인가는 나 스스로 선택할 수 있다.

나는 작은 친절로도 특별해질 수 있었다. 그 순간, 내가 중
요한 사람으로 느껴졌고 그러자 나 자신이 좋아졌다.

4

아빠를 만나고 돌아오는 길에 골목 입구에서 어떤 여자애를
만났다. 처음 보는 얼굴이었다.

"애, 너 이 근처에 사니?"

여자애가 물었다.

나는 고개를 끄덕였다.

"몇 살이야?"

"내일이면 열다섯 살이 돼."

"잘됐다. 나도 그런데."

여자애가 씩, 웃었다. 좀 예쁜 얼굴이었다.

"나랑 친구해줄래?"

나는 깜짝 놀라서 토끼처럼 눈을 동그랗게 뜨고 여자애의
얼굴을 바라보았다. 진심일까?

"얼마 전에 이사를 와서 친구가 하나도 없어."

여자애가 말했다. 수줍은 듯 살짝 웃었다. 웃을 때 들어가는
보조개가 예뻤다.

외로운 소녀들에게 친구를 짝지어주는 천사가 우리를 연결시켜준 모양이었다. 부디 천사가 성격과 취향을 잘 파악했어야 할 텐데.

"좋아. 근데 너 혹시 마음이 자주 바뀌는 성격이니?"

지금은 이사 온 지 얼마 안 되어서 친구가 없지만, 다른 친구가 생기면 나를 밀어낼까 봐 염려가 되었다. 그러면 나는 또 상처를 받을 것이다.

"글쎄……."

여자애는 곰곰이 생각해보는 모양이었다. 경박하지 않고 신중한 성격인 것 같았다.

"별로 그렇지 않은 것 같아. 근데 그건 왜?"

"아냐, 그냥 궁금해서."

나는 멋쩍게 씩 웃었다.

여자애도 나를 따라 씩 웃었다.

"내 이름은 윤하야."

여자애가 손을 내밀며 말했다.

"예쁜 이름이구나."

나는 여자애의 손을 잡았다. 손이 따뜻했다. 오랫동안 주머니에 넣어두었던 것 같았다.

"고마워. 네 이름도 가르쳐주지 않을래?"

나는 대답 대신 윤하를 향해 미소를 지었다.

내 이름은 스텔라야.

"뭐라고?"

나는 다시 미소를 지었다.

이번에는 윤하가 토끼처럼 눈을 동그랗게 뜨고 나를 바라보았다.

나는 윤하의 눈동자를 보며 속삭였다, 마음속으로.

듣지 못했니? 언젠가는 듣게 될 거야.

내 이름은 스텔라라고.

열네 살의 마지막 하루가 끝나가고 있었고, 나는 곧 열다섯 살이 될 참이었다.

에필로그

나는 전혀 예기치 못한 통로로 닝구 씨에 대한 이야기를 들었다. '김영태'라는 닝구 씨의 본명을 알고 있는 그 사람은 어떻게 해서 닝구 씨가 우리 집까지 오게 되었는지 알려주었다.

우리 가족은 모처럼 다 같이 저녁 식사를 하고 있었다. 여느 때처럼 TV가 켜져 있고, 대국민 오디션 프로그램이 방영되고 있었다. 최종 5인 안에 든 참가자들은 노래를 부르기 전에 자신들의 사연을 소개했다. 그날의 주제는 '내 인생에 특별한 사람에게 바치는 노래'였다.

한 참가자가 자신을 '금수저'라고 소개했다. 할아버지, 아버지가 모두 의사고, 형은 현재 의대에 다니고 있으며, 여동생은 의대 진학을 목표로 공부하고 있다고 했다. 그런데 자신만 돌연변이라고 했다.

"돌연변이로 사는 게 얼마나 힘든지 아세요?"

그가 쓸쓸한 미소를 지으며 말했다.

카메라가 그의 얼굴을 클로즈업했다.

그의 눈가에 눈물이 어렸고, 그 옆으로 2센티미터 가량의 상처가 보였다.

"모두가 나를 한심한 놈으로 보는 것 같았어요. 나는 잘못한 게 없는데…… 억울하고 힘들었어요. 그리고 정말 잘못하기 시작했어요."

침을 한 번 삼키고, 그가 말을 이어갔다.

"문제를 많이 일으켰어요. 그땐 왜 그랬는지 모르겠어요. 그냥 마음에 병이 났었나 봐요."

그는 또 침을 삼켰다.

"모두가 나를 병균 보듯 했어요. 전염이라도 될까 봐 나를 피해 다녔죠."

조금 긴 침묵.

"그때 나를 발견해준 사람이 있었어요. 고2 때 담임 선생님…… 자꾸 말을 거는 거예요. 괜히 내 주위를 어슬렁거리고, 어깨를 툭툭 치고, 옆구리를 찌르고…… 그런 행동들이 꼭 이렇게 말하는 것 같았어요. '인마, 내가 보고 있어. 네 옆에 누군가 있다고.'"

그가 히쭉 웃었다.

"그러면서 자꾸 나한테서 별이 보인다는 거예요. 여기 오른쪽 뇌에."

그는 자신의 머리 한쪽을 가리켰다.

"기분이 좋았죠. 괜히 위로받는 것 같기도 하고……. 하지만 제가 다 망쳐버렸어요."

그의 눈시울이 붉어지더니, 고개가 뚝 떨어졌다.

"자꾸 시비를 거는 녀석이 있었는데 싸움이 붙었고 두 사람 모두 심하게 다쳤고, 선생님이 책임을 지고 교직에서 물러나셨죠."

그리고 좀 더 긴 침묵이 이어졌다.

"그분이 하셨던 말씀이 생각나요. 네 별이 빛을 밝힐 수 있도록 용기를 내라고 하셨죠. 나의 노래가 누군가에게 위로가 된다면, 나처럼 마음에 병이 들었던 사람이 다시 힘을 내고 세상에 나가게 된다면, 나의 별이 빛을 발하고 있는 거겠죠?"

전주가 흘러나왔다. 부드럽고 아름다운 멜로디였다. 카메라는 이제 무대 위에 기타를 들고 앉아 있는 남자를 비춰주었다.

그가 마이크 가까이 입을 대고 마지막 멘트를 했다.

"나의 스승이신, 김영태 선생님께 이 노래를 바칩니다."

교복을 입은 그와 그의 어깨를 감싸고 있는 닝구 씨가 환하게 웃고 있는 사진이 뒷배경을 가득 메웠다.

에필로그

내 이름은 ✧
스텔라

창작 노트

추천사

『내 이름은 스텔라』 창작 노트

오래전에 나는 매일 아침 작은 카페에 앉아 어딘가에 연재하듯 조금씩 소설을 썼다. 쓰는 과정은 재미있었지만 다 쓰고 나니 어딘가 균형이 맞지 않았다. 수정 과정이 순탄하지 않아서 아예 새 소설을 쓰기로 마음먹었다. 그때 완성했다면 나의 두 번째 책이 되었을 텐데, 네 번째 책이 되었다. 그런 이유로 두 번째 책인 『그 애를 만나다』와 배경이 조금 겹치는 부분이 있다.

누구나 그렇겠지만, 나도 고독하고 외롭다는 생각을 할 때가 있다. 누군가 나를 좀 알아봐줬으면, 나를 좀 이해해줬으면 할 때가 있다. 소통이라는 게 마냥 멀게만 느껴질 때가 있다. 그럴 때 나를 발견해서 위로와 관심을 보여준 사람들이 있었다. 『내 이름은 스텔라』는 그들에게 보내는 감사의 편지다.

소설을 쓰면서 이런 고민을 했다. 다른 사람을 돕는 일이 왜 나를 기쁘게 하는 것일까? 그것이 작고 하찮은 일이라도 왜 그 성취감과 행복은 큰 것일까? 자아를 실현하는 것보다 왜 그게 더 큰 충족감을 주는 것일까? 그런 현상을 논리적으로 어떻게 설명할 수 있을까? 나는 나 자신도 이해할 수 없는 결론을 소설 속에 담아 책으로 내보내는 것에 대해 마음이 불편했다.

그러다 우연히 깨닫게 되었다, 신이 인간을 그렇게 만들었다는 것을!

과분한 추천사를 써주신 이상권 선생님과 스텔라에게 예쁜 옷을 입혀주신 특별한서재에 감사드린다.

그리고 남편에게 감사한다. 그가 현실의 문제를 해결해주지 않았다면, 좋아하는 일만 하고 살 수 없었을 것이다. 완벽히 다른 우리는 어쩌면 가장 좋은 친구이자, 파트너인지도 모른다.

하나님의 은혜가 아니었다면 나는 소설을 쓸 수가 없었을 것이다. 이 소설도 마찬가지였다.

유 니 게

내 이름은 스텔라

『내 이름은 스텔라』 추천사

소설 『내 이름은 스텔라』를 읽고 나서 든 느낌은 아주 근사한 성장소설이구나, 하는 거였다. 글을 보는 내내 『나의 라임 오렌지나무』가 연상되었다. 주인공 나이만 다를 뿐, 두 소설은 비슷한 구조를 가지고 있다. 어찌어찌하여 무너져버린 집안, 그 속에서 방목하듯이 사는 아이, 또래 집단하고도 제대로 소통하지 못하는 아이, 식구들한테도 냉대받는 아이, 상상력이 빼어나고 감수성이 예민한 아이, 그래서 늘 세상의 근원에 대해서 생각하는 꼬마 철학자 같은 아이, 하지만 어른들이 원하는 범생이가 아니라서 늘 힘들어하는 아이! 그런 스텔라에게 다가온 닝구 씨는 제제한테 다가간 '뽀르뚜가 아저씨'와 똑같은 존재다.

인간이란 동물은 앞모습으로 평가받는다. 일단 얼마나 잘

생겼는가. 무슨 학교를 나왔는가. 직업은 무엇인가. 무슨 차를 굴리는가. 어떤 집에 사는가. 그런 측면에서 보자면 닝구 씨라는 사람의 앞모습은 거의 무장해제된 거지 수준이다. 그런데도 그는 당당하다. 닝구 씨는 앞모습보다는 뒷모습이 아름다운 사람이고, 오래 지내보아야만 그의 진정성을 알 수 있다. 화려한 앞모습으로 승부하는 요즘 시대 유명 인사들하고는 전혀 차원이 다르다. 어쩌면 우리 시대가 잃어버린 진정한 '어른'일지도 모른다.

닝구 씨는 학교와 집에서 상처받고 외로워하는 스텔라에게 다가와서, 그 아이가 하나의 별 같은 존재라는 것을 깨우쳐준다. 세상 모든 아이들은 다 특별하고, 그래서 소중하고 아름다운 존재이다. 스텔라는 닝구 씨의 따스한 눈빛을 받으면서 저도 모르게 살아가는 힘을 배운다. 닝구 씨는 봄바람처럼 은연중에 사람들 가슴속으로 파고들어서, 가난한 이들에게는 예수 같고, 치매 걸린 노인에게는 아버지 같고, 놀이를 잃어버린 아이들에게는 친구 같고, 상처받은 아이들에게는 항생제 같고, 버려진 개들에게는 어미 같은 모습을 보인다.

제제의 친구였던 뽀르뚜가 아저씨가 교통사고로 사라지듯이, 스텔라의 친구였던 닝구 씨도 방화범으로 체포되어서 사라지게 되는데, 그 아픔의 무게는 그 아이들이 감당할 수 없다. 특히 스텔라는 오빠가 방화범이라는 것을 알고는, 엉뚱하게도 닝구 씨를 방화범으로 지목한다. 미성숙한 아이가 가족과 세상에 대해서 고민하다가 겪은 혼란인 것이다. 수민이는 그 아픔을 피하지 않고 온몸으로 받아들이면서 닝구 씨가 두고 간 개를 보살피고 그렇게 철이 들어간다.

나중에서야 밝혀지지만, 부유한 가정환경에서 태어났으나 역시 가정과 학교에서 소외당해 깊은 상처를 안고 살아가는 아이를 그 당시 학교 선생님이었던 닝구 씨가 따뜻한 어른으로서 어루만져주었다. 그러니까, 이 소설은 상처받은 아이들에게 따뜻한 손길이 얼마나 소중한지를 알려준다. 이 글을 다 읽고 나면 스텔라라는 아이가 더 이상 걱정이 되지 않는다. 아마도 살아가면서 더 아픈 일을 당할 수도 있겠지만, 바람에 흔들리는 꽃처럼 절대 부러지지 않을 것이라는 믿음이 은연중에 내 가슴속에 들어와 있다.

나는 중고등학교 강연 갈 때마다 이런 이야기를 한다.

"너희들에게 좋은 친구가 있었으면 좋겠어. 물론 또래 친구도 좋지만 그것보다 어른 친구들. 나만 해도 어른 친구가 많았어. 고모부, 이모들, 동네 어른들, 마을 형들. 실제로 그분들한테 부모나 형제들보다 더 속깊은 이야기를 털어놓기도 했어. 근데 요즘은 가족이 해체되어 사회적인 멘토는 차고 넘쳐도, 진짜 속마음 털어놓을 어른 친구는 없어. 그러니 또래 친구들한테 왕따만 당하면 세상이 끝나는 거야. 나는 제발 어른 친구가 있었으면 좋겠어. 이모나 고모여도 상관없고, 사촌 누나나 형들, 혹은 선생님이어도 상관없어. 그것은 반려동물하고는 전혀 달라. 그런 어른 친구들에게 맛있는 것도 사 달라고 하면서, 세상을 배우고, 아쉬움을 달래고, 그렇게 숨 쉬는 출구가 있었으면 좋겠어."

사실 내가 청소년소설을 쓰는 것도, 내 소설이 아이들에게 그런 출구가 되기를 바라기 때문이다. 부디 스텔라처럼 좋은 어른 친구가 생겼으면 좋겠고, 또한 이 소설이 여러분들에게 또 다른 출구가 되기를 바란다.

이 상 권

내 이름은 스텔라

내 이름은 스텔라

ⓒ 유니게, 2020

초판 1쇄 발행일 | 2020년 7월 17일
초판 4쇄 발행일 | 2023년 11월 5일

지은이 | 유니게
펴낸이 | 사태희
편 집 | 유관의
디자인 | 권수정
마케팅 | 장민영
제 작 | 이승욱 이대성

펴낸곳 | (주)특별한서재
출판등록 | 제2018-000085호
주 소 | 08505 서울시 금천구 가산디지털2로 101 한라원앤원타워 B동 1503호
전 화 | 02-3273-7878
팩 스 | 0505-832-0042
e-mail | specialbooks@naver.com
ISBN | 979-11-88912-84-1 (43810)

잘못된 책은 교환해드립니다.
저자와의 협의하에 인지는 붙이지 않습니다.
저작권법에 의하여 보호를 받는 저작물이므로 무단 전재와 복제를 금합니다.